Luigi Pirandello

Il piacere dell'onestà

© 2023 Culturea Editions

Texte et illustration de couverture : © domaine public
Edition : Culturea (Hérault, 34)
Contact : infos@culturea.fr
Retrouvez notre catalogue sur http://culturea.fr
Imprimé en Allemagne par Books on Demand
Design typographique : Derek Murphy
Layout : Reedsy (https://reedsy.com/)

Dépôt légal : janvier 2023
Tous droits réservés pour tous pays

ISBN : 9791041842124

PERSONAGGI

ANGELO BALDOVINO - AGATA RENNI - La Signora

MADDALENA, sua madre - Il Marchese FABIO COLLI -

MAURIZIO SETTO, suo cugino - Il PARROCO DI SANTA

MARTA - MARCHETTO FONGI, borsista - 1° CONSIGLIERE

- 2° CONSIGLIERE - 3° CONSIGLERE - 4° CONSIGLIERE

Una cameriera - Un cameriere

La comare (che non parla)

In una città dell'Italia centrale. - Oggi.

NOTE PER LA RAPPRESENTAZIONE

Angelo Baldovino; sui quaranta; grave; capelli fulvi, non curati affatto. Corta barba, un po' ispida, rossiccia; occhi penetranti; parola piuttosto lenta, profonda. Veste un greve abito color marrone; porta quasi sempre tra le dita un paio di lenti. La persona trasandata, l'aria, il modo di parlare, di sorridere, denotano un uomo dalla vita trarotta, che serba in sé, ben nascosti, tempestosi e amarissimi ricordi, da cui ha tratto una strana filosofia piena insieme di ironia e d'indulgenza.

Questo, specialmente nel primo atto e in parte nel terzo. Nel secondo, appare, esteriormente almeno, trasformato: sobriamente elegante: disinvolto, ma con dignità; signore; ha cura della barba e dei capelli; non tiene più le lenti in mano.

Agata Renni. Ventisette anni; altera, quasi dura per lo sforzo di resistere al crollo della sua onestà. Disperata e ribelle nel primo atto. va poi fieramente diritta e ossequente alla sua sorte.

La signora Maddalena; cinquantadue anni; elegante, ancora bella, ma rassegnata alla sua età. Piena di passione per la figlia, non vede che per gli occhi di lei.

Il marchese Fabio Colli; quarantatré anni, garbato, dabbene. Con quel tanto di goffo che predispone certi uomini a essere disgraziati in amore.

Maurizio Setti; trentotto anni; elegante e disinvolto, di parola facile, uomo di mondo, amante d'avventure.

Marchetto Fongi. Cinquant'anni, vecchia volpe, piccola figura losca, sbilenca, tutta pendente da un lato. arguto tuttavia e non privo di spirito e d'una certa aria signorile.

ATTO PRIMO

Elegante salotto in casa Renni. Uscio comune in fondo.

Uscio laterale a destra. Finestre a sinistra.

SCENA PRIMA

MAURIZIO SETTI, CAMERIERA, poi la SIGNORA MADDALENA.

Al levarsi della tela la scena è vuota. Si aprirà l'uscio di fondo, entrerà la cameriera e darà passo a
Maurizio Setti.

CAMERIERA. S'accomodi. Vado ad annunziarla subito.

Via per l'uscio a destra. Poco dopo entrerà per questo uscio la signora

Maddalena, turbata, ansiosa.

MADDALENA. Buon giorno, Setti. Ebbene?

MAURIZIO. E' qua. Arrivato con me, stamattina.

MADDALENA. E... stabilito tutto?

MAURIZIO. Tutto.

MADDALENA. Spiegato tutto, chiaramente?

MAURIZIO. Tutto, tutto, non dubiti.

MADDALENA (esitante). Ma.. chiaramente come?

MAURIZIO. Oh Dio, gli ho diletto... gli ho detto la cosa, com'è.

MADDALENA (crollando il capo, amaramente). La cosa... eh già!

MAURIZIO. Bisognava pur dirla, signora mia!

MADDALENA. Eh si, certo... ma...

MAURIZIO. La cosa poi cangia, non dubiti, ha diverso peso secondo la qualità delle persone, i momenti, le condizioni.

MADDALENA. Ecco, sì, proprio così!

MAURIZIO. E questo - stia sicura - l'ho spiegato bene!

MADDALENA. Come siamo noi? Chi è mia figlia? E... accettato? Senza difficoltà?

MAURIZIO. Senza difficoltà, stia tranquilla!

MADDALENA. Ah! - Tranquilla, amico mio? Come potrei star tranquilla? - Ma com'è? Ditemi almeno com'è?

MAURIZIO. Ma... un bell'uomo. Oh Dio, non dico mica un Adone: un bell'uomo, vedrà. Bella presenza, una cert'aria di dignità non affettata. E' nobile davvero, di nascita - un Baldovino!

MADDALENA. Ma i sentimenti? Io dico per i sentimenti!

MAURIZIO. Ottimi, ottimi, creda.

MADDALENA. Sa parlare? Sa parlare... dico...

MAURIZIO. Oh, a Macerata, signora, in tutte le Marche, creda, si parla benissimo.

MADDALENA. No, dico, se sa parlare a modo! Capirete, in fondo, è tutto qui. Una parola fuor di tono, senza quella certa...

Tocca appena le parole con la voce, quasi che, a proferirle, se ne senta ferire.

...quella certa... oh Dio, non so proprio come esprimermi...

Cava un fazzoletto e si mette a piangere.

MAURIZIO. Bisogna farsi animo, signora!

MADDALENA. - Sarebbe una pugnalata per la mia povera Agata!

MAURIZIO. No, stia proprio tranquilla per questo, signora. Non gli uscirà mai di bocca una parola men che corretta. Garantisco. E' riservatissimo. Misurato. Le dico, un signore. E poi, capisce a volo. Non tema per questa parte. Garantisco.

MADDALENA. Credetemi, caro Setti, non so più in che mondo mi sia! Mi sento perduta... sono inebetita... Trovarsi così d'un tratto, di fronte a una simile necessità! Mi pare che sia una sciagura, di quelle... sapete? che lasciano la porta aperta, così che ogni estraneo possa introdursi a curiosare.

MAURIZIO. Eh, nella vita...

MADDALENA. E quella figliuola, quella figliuola mia! con quel suo cuore! Se la vedeste, se la sentiste... E' uno strazio!

MAURIZIO. Me l'immagino. Creda che con tutto il cuore, signora, mi sono adoperato...

MADDALENA (interrompendolo, stringendogli la mano). Lo so! lo so! E vedete come parlo con voi? Perché so che siete della famiglia: più che cugino, un fratello del nostro marchese.

MAURIZIO. Fabio è di là?

MADDALENA. Di là, si. Forse ancora non può lasciare. Bisogna tenerla d'occhio. Appena ha sentito annunziar voi, s'è lanciata per la finestra.

MAURIZIO. Oh Dio! Per me?

MADDALENA. No, non per voi! Perché sa la ragione per cui siete andato a Macerata e con chi ne sarete ritornato.

MAURIZIO. Ma questo, anzi... scusi... mi pare che...

MADDALENA. No! Che dite! Piange, si dibatte. E' in uno stato di disperazione, che fa paura.

MAURIZIO. Ma... scusi, non s'era stabilito così? Non aveva lei stessa approvato?

MADDALENA. Eh si! ma appunto per questo!

MAURIZIO (costernato). Non vuole più?

MADDALENA. No! che volere! Potrebbe volerlo? Ma deve, deve per forza: bisogna che voglia...

MAURIZIO. Eh già, e che si faccia una ragione!

MADDALENA. Oh Setti, la mia figliuola ne morrà!

MAURIZIO. Ma no, signora, vedrà che...

MADDALENA. Ne morrà! Se pure non commetterà prima qualche sproposito! Io ho condisceso troppo, capisco. Ma fidavo... fidavo che Fabio fosse più prudente... - Voi aprite le braccia? - Eh si, non resta più, difatti, che aprire le braccia, chiudere gli occhi e lasciare che la vergogna entri.

MAURIZIO. Ma no, non dica così, signora! Se si sta provvedendo...

MADDALENA (coprendosi il volto con le mani). No... voi, voi non dite così, per carità! E' peggio. Ah, credetemi, Setti, è rimorso, ora, ciò che in me non fu altro, prima, che debolezza. Ve lo giuro!

MAURIZIO. Lo credo bene, signora.

MADDALENA. Ma non potete comprendere! Siete uomo, voi, e non siete neanche padre! - Non potete comprendere che strazio sia per una madre vedere la propria figliuola avanzarsi negli anni, cominciare a perdere il primo fiore della giovinezza... - Non si ha più il coraggio di usare quel rigore che la prudenza consiglia... dico di più, che l'onestà comanda! - Ah, l'onestà, che scherno, caro Setti, in certi momenti! Non possono più parlare le labbra di una madre, che - bene o male - è stata nel mondo... ha amato... - quando gli occhi della figliuola si volgono a lei quasi a implorare pietà! - Per non concederla apertamente, fingiamo di non accorgerci di nulla; e questa finzione e il nostro silenzio diventano complici, finché si arriva... si arriva a questo punto! Ma io speravo, ripeto, che Fabio fosse prudente.

MAURIZIO. Eh... ma la prudenza, signora mia...

MADDALENA. Lo so! lo so!

MAURIZIO. Se avesse potuto, lui stesso...

MADDALENA. Lo so... lo vedo... è come impazzito anche lui, poverino! E se non fosse stato quel galantuomo che è, credete che tutto questo sarebbe accaduto?

MAURIZIO. Fabio è tanto buono!

MADDALENA. E lo sapevamo infelice, separato da quella sua moglie indegna! Vedete, questa, proprio questa ragione, che avrebbe dovuto impedire che si arrivasse fino a questo punto, è stata pur quella d'arrivarci! - Non siete sicuro voi - ditemelo in coscienza - che Fabio, se fosse stato libero, avrebbe sposato la mia figliuola?

MAURIZIO. Oh, senza dubbio!

MADDALENA. Ditemelo, ditemelo in coscienza! Per carità!

MAURIZIO. Ma non lo vede lei stessa, signora mia, come ne è innamorato? in che stato si trova adesso?

MADDALENA. E' vero? è vero? - Non potete credere quanta consolazione dia anche un piccolo attestato, in un momento come questo!

MAURIZIO. Ma che dice mai, signora! che pensa! Io ho per lei, per la signorina Agata il massimo rispetto, la più sincera e devota considerazione.

MADDALENA. Grazie! grazie! .

MAURIZIO. La prego di credermi! Non mi sarei mai, altrimenti, interessato tanto.

MADDALENA. Grazie, Setti. E credete, quando una donna, una povera giovine ha atteso per tanti anni, onestamente, un compagno per la vita, e non lo trova, e alla fine vede un uomo che meriterebbe tutto l'amore, e sa che quest'uomo è stato maltrattato, amareggiato, offeso iniquamente da un'altra donna   - credete, non può resistere all'impulso spontaneo di dimostrargli che non tutte le donne sono come quella: che ce n'è pure qualcuna che sa rispondere all'amore con l'amore e apprezzare la fortuna che quell'altra ha calpestato.

MAURIZIO. Eh, si! Calpestato, povero Fabio! Dice bene, signora. Non se lo meritava.

MADDALENA. La ragione dice: - ((No, tu non puoi, tu non devi)) - non solo nel cuore di lei, ma anche nel cuore di quell'uomo, se è onesto, e in quello della madre che guarda l'uno e l'altra e si strugge. Si tace un pezzo; si ascolta la ragione, si soffoca lo strazio - .

MAURIZIO. - e alla fine viene il momento -

MADDALENA. - viene! ah, viene insidiosamente! - E' una serata deliziosa di maggio. La mamma s'affaccia alla finestra. Fiori e stelle, fuori. Dentro, l'angoscia, la tenerezza più accorata. E quella mamma grida dentro di sé: - ((Ma siano anche per la mia figliuola, una volta sola almeno, tutte le stelle e tutti i fiori!)) - E resta lì, nell'ombra, a guardia d'un delitto, che tutta la natura intorno consiglia, che domani gli uomini e la nostra stessa coscienza condanneranno; ma che in quel punto si è felici di lasciar compiere, con una strana soddisfazione anche dei nostri sensi, e un orgoglio che sfida la condanna, anche a costo dello strazio con cui domani la sconteremo! così, caro Setti! - Non posso essere scusata, ma compatita sì. Si dovrebbe morire, dopo. Invece non si muore. Resta la vita, che ha bisogno, per sostenersi, di tutte quelle cose che in un momento abbiamo buttato via.

MAURIZIO. Sì, signora. Ecco. E c'è bisogno, innanzi tutto, di calma. Lei riconosce che finora, qua, tutti e tre, lei per un verso, Fabio e la signorina Agata per un altro, avete fatto troppa parte al sentimento.

MADDALENA. Ah, troppa, troppa, sì, troppa!

MAURIZIO. Ebbene. Ora bisogna che il sentimento sia contenuto, si ritragga, per dar posto alla ragione, eh?

MADDALENA. Sì, sì.

MAURIZIO. Per far fronte a una necessità che non ammette indugio! Dunque... - Ah, ecco Fabio.

SCENA SECONDA

MARCHESE FABIO e DETTI.

FABIO (Entrando dall'uscio a destra, angosciato, disperato, smanioso, alla signora Maddalena). La prego, vada, vada di là! Non la lasci sola!

MADDALENA. Eccomi, sì... Ma pare che...

FABIO. Vada, la prego!

MADDALENA. sì, si.

A Maurizio.

Con permesso.

Via per l'uscio di destra.

SCENA TERZA

FABIO e MAURIZIO.

MAURIZIO. Ma, dico, anche tu cosi?

FABIO. Per carità, Maurizio, non dirmi nulla! Credi di aver trovato il rimedio, tu? Sai che hai fatto? Te lo dico io! Hai dato soltanto il belletto a un malato!

MAURIZIO. Io?

FABIO. Tu, sì! L'apparenza della salute!

MAURIZIO. Ma se l'hai chiesto tu stesso! Oh, intendiamoci! Non voglio far mica la parte del salvatore io!

FABIO. Io soffro, io soffro, Maurizio! soffro per quella povera creatura, è per me una pena d'inferno! E me la dà appunto codesto tuo rimedio, che stimo giusto, e proprio perché lo stimo giusto, capisci? . Ma è un rimedio esterno, che può salvare soltanto l'apparenza e nient'altro!

MAURIZIO. Non conta più nulla, adesso? Eri disperato, quattro giorni fa, per questa apparenza da salvare! Ora che puoi salvarla

FABIO. Vedo il mio dolore! Non ti sembra naturale?

MAURIZIO. No, caro. Perché cosi non la salvate più! - Dev'essere apparenza? Bisogna che ve la diate! - Tu non ti vedi. Ti vedo io. E debbo scuoterti, per forza, tirarti su... darti il belletto, come tu dici! - Egli è qua, venuto con me. - Se si deve far presto...

FABIO. Sì, sì... dimmi, dimmi... Ma già, è inutile! - Lo hai prevenuto che non lo faccio padrone nemmeno d'un centesimo?

MAURIZIO. L'ho prevenuto.

FABIO. E ha accettato?

MAURIZIO. Se è qua con me! - Soltanto per essere perfettamente in grado d'adempiere agli obblighi che si assume con te - date queste condizioni - chiede (e mi sembra giusto) la liquidazione del suo passato. Ha qualche debito.

FABIO. Quanti? Molti? Oh, me l'immagino!

MAURIZIO. Pochi, no, pochi! - Perdio, lo vorresti anche senza debiti? Ne ha pochi. Ma bisogna che aggiunga - e me l'ha raccomandato lui stesso, bada, d'aggiungerlo - che sono cosi pochi non per mancanza di volontà da parte sua, ma per mancanza di credito da parte degli altri.

FABIO. Ah, benissimo!

MAURIZIO. Onesta confessione! Capirai che, se godesse ancora di un certo credito...

FABIO (prendendosi la testa fra le mani). Basta! basta, per carità! Dimmi il discorso che gli hai fatto. - E' mal vestito? com'è? malandato?

MAURIZIO. L'ho trovato un poco deperito, dall'ultima volta. - Ma a questo si rimedia. Ho già rimediato in parte. Sai, è un uomo su cui il morale può molto. Le cattive azioni che si vede costretto a commettere .

FABIO. gioca? bara? ruba? che fa?

MAURIZIO. Giocava. Non lo lasciano più giocare da un pezzo. Era d'una amarezza che accorava. Ho passeggiato con lui tutta una notte, per il viale attorno alle mura. - Sei mai stato a Macerata?

FABIO. Io, no.

MAURIZIO. T'assicuro che è stata per me una nottata fantastica, tra lo sprazzare d'una miriade di lucciole per quel viale: accanto a quell'uomo che parlava con una sincerità spaventosa; e, come quelle lucciole innanzi agli occhi, ti faceva guizzare innanzi alla mente certi pensieri inattesi dalle più oscure profondità dell'anima. Mi pareva, non so, di non esser più sulla terra, ma in una contrada di sogno, strana, lugubre, misteriosa, ov'egli s'aggirava da padrone, ove le cose più bizzarre, più inverosimili potevano avvenire e sembrar naturali e consuete. Egli se n'accorse - (s'accorge di tutto) - sorrise, e mi parlò di Descartes.

FABIO (stordito). Di chi?

MAURIZIO. Di Cartesio. Eh, perché è anche vedrai d'una cultura, specialmente filosofica, formidabile. Mi disse che Cartesio...

FABIO. Ma in nome di Dio, che vuoi che m'importi di Cartesio, adesso?

MAURIZIO. Lasciami dire! Vedrai che te n'importerà! Mi disse che Cartesio, scrutando la nostra coscienza della realtà, ebbe uno dei più terribili pensieri che si siano mai affacciati alla mente umana: - che, cioè, se i sogni avessero regolarità, noi non sapremmo più distinguere il sonno dalla veglia! - Hai provato che strano turbamento, se un sogno ti si ripete più volte? - Riesce quasi impossibile dubitare che non siamo di fronte a una realtà. Perché tutta la nostra conoscenza del mondo è sospesa a questo filo sottilissimo. la re-go-la-ri-tà delle nostre esperienze. - Noi, che abbiamo questa regolarità, non possiamo immaginare quali cose possano essere reali, verosimili, per chi viva fuori d'ogni regola, come quell'uomo li! - Ti dico che, a un certo punto, mi fu facilissimo entrare a fargli la proposta. Parlava di certi suoi disegni, che a lui parevano più che possibili, e a me cosi strampalati e inattuabili, che la proposta mia – capisci? - diventò subito d'una facilità, che più ovvia, più piana non si sarebbe potuto immaginare , d'una ragionevolezza, che chiunque avrebbe potuta accettarla. - E sbalordisci! Non fui mica io a dirgli in prima di quella condizione del danaro fu lui, subito, a protestare, risentito, che - danari niente! - non voleva neppur vederne da lontano. - Ma sai perché?

FABIO. Perché? .

MAURIZIO. Perché è molto più facile - sostiene lui- essere un eroe che un galantuomo. Eroi si può essere una volta tanto; galantuomini, si dev'esser sempre. Il che non è facile.

FABIO. Ah!

E'... è dunque un uomo d'ingegno, a quanto pare?

MAURIZIO. Ah, di molto, di molto ingegno!

FABIO. Se n'è servito male - sembra!

MAURIZIO. Malissimo, malissimo. Fin da ragazzo. Fummo compagni di collegio, te l'ho detto. Col suo ingegno poteva arrivare dove voleva. Studiò sempre quel che gli piacque, quel che poteva servirgli meno. E dice che l'educazione è la nemica della saggezza, perché l'educazione rende necessarie tante cose, di cui, per esser saggi, si dovrebbe fare a meno. Ebbe un'educazione da gran signore: gusti, abitudini, ambizioni, vizii anche... Poi i casi della vita... il crollo finanziario del padre... e... - non c'è da farsene meraviglia!

FABIO (riprendendo a passeggiare per la stanza). E'... è anche un bell'uomo, hai detto?

MAURIZIO. Sì, di bella presenza. - Che cos'è?

Ride.

Di' un po'. niente niente, adesso cominci a temere che abbia scelto troppo bene?

FABIO. Ma fa' il piacere! Vedo... vedo del... superfluo, ecco! Ingegno, cultura -

MAURIZIO. - filosofica! Non mi sembra che sia superflua al caso.

FABIO. Maurizio, perdio, non scherzare! Io sono sulla brace! Avrei voluto di meno, ecco! Un uomo modesto, da bene -

MAURIZIO. - che si scoprisse subito? . che non avesse l'apparenza conveniente? Ma scusa! Bisognava anche tener conto della casa in cui deve entrare... Un uomo mediocre, non più giovane, avrebbe dato sospetto... Ci voleva un uomo di merito, che ispirasse rispetto e considerazione... tale, insomma, che domani la gente si possa spiegare la ragione per cui la signorina Renni ha potuto accettarlo... E io sono sicuro che -

FABIO. - che? -

MAURIZIO. - che lo accetterà - non solo - ma mi ringrazierà un po' meglio, almeno, di come stai facendo tu!

FABIO. Sì! Ti ringrazierà... Se la sentissi! - Gli hai detto che si deve fare al più presto?

MAURIZIO. Ma sì! Vedrai che saprà subito entrare in confidenza -

FABIO. - cioè, cioè? -

MAURIZIO. - oh, Dio, in quel tanto che vorrete accordargliene!

SCENA QUARTA

CAMERIERA, DETTI, poi la SIGNORA MADDALENA.

CAMERIERA (accorrendo dall'uscio di destra). Signor marchese, la signora la desidera di là un momento.

FABIO. Ma ora non posso! Debbo andare con mio cugino.

A Maurizio:

Bisogna che Io veda... gli parli.

Alla cameriera:

Dite alla signora che abbia un po' di pazienza: ora non posso!

CAMERIERA. Sissignore.

Via.

MAURIZIO. E' qua, a due passi: al primo albergo. Ma così?

FABIO. Impazzisco... impazzisco... impazzisco... Fra lei, di là, che piange... e te, di qua, che mi dici...

MAURIZIO. Bada, non c'è finora alcun impegno! - E se tu non vuoi...

FABIO. Voglio vederlo, ti dico, parlargli!

MAURIZIO. E andiamo, allora, su! Ti dico che è qua, a due passi!

MADDALENA (sopravvenendo agitata). Fabio! Fabio! Venite di qua, non mi lasciate sola in questo momento, per carità!

FABIO. Oh Dio! Oh Dio! .

MADDALENA. E' una crisi terribile. Venite, ve ne scongiuro!

FABIO. Ma se debbo...

MAURIZIO. E no... va'! Va', adesso! ,

MADDALENA. Sì, per carità Fabio!

MAURIZIO. Vuoi che te lo conduca qua? Senz'impegno. Gli parlerai qua. Forse sarà meglio, per la signorina stessa.

FABIO. Sì, vai, vai. Ma, oh! senz'impegno, bada! E dopo che avrà parlato con me!

Via per l'uscio a destra.

MAURIZIO (gli grida dietro). Ma sì! In due minuti: vado e ritorno.

Via per la comune.

MADDALENA (dietro a lui). Con lui? Qua?

Fa per accorrere verso l'uscio a destra, ma sopravvengono Agata e Fabio.

SCENA QUINTA

AGATA, FABIO e MADDALENA.

AGATA (scarmigliata, forsennata, divincolandosi da Fabio). Lasciami, no: lasciami! Lasciami andare! Via... via...

MADDALENA. Figliuola mia, dove vuoi andare?

AGATA. Non lo so! Via!

FABIO. Agata! Agata! per carità!

MADDALENA. Ma sono pazzie!

AGATA. Lasciatemi! Impazzire o morire! Non c'è più scampo per me! Non reggo più!

Casca a sedere.

MADDALENA. Ma aspetta prima che Fabio almeno lo veda! gli parli! che lo veda anche tu!

AGATA. No! Io? no! Ma non capite che mi fa orrore? Non capite che è mostruoso quello che volete fare di me?

MADDALENA. Ma come! Ma se tu stessa, figliuola mia...

AGATA. No! Non voglio! Non voglio!

FABIO (disperato, risolutamente). Ebbene, no! Se tu non vuoi, no! Non lo voglio neanch'io! E' mostruoso, si! e fa orrore anche a me! Ma hai il coraggio, allora, d'affrontare con me la situazione?

MADDALENA. Per carità, che dite, Fabio? Voi siete uomo e potete ridervi dello scandalo, voi! Noi siamo due povere donne sole e l'onta si rovescerebbe su noi! Qua si tratta, tra due mali, di scegliere il minore! Tra l'onta innanzi a tutti -

AGATA (subito). - e quella innanzi a uno solo, è vero? mia soltanto! Ma dovrò starci io, con quest'uomo! vedermelo davanti, quest'uomo che dev'esser vile, vile, se si presta a questo!

Balza in piedi e s'avvia, trattenuta, verso l'uscio di fondo.

No, no, non voglio! non voglio vederlo! Lasciatemene andare, lasciatemene andare!

MADDALENA. Ma dove? E che vuoi fare? - Affrontare lo scandalo? Se vuoi questo, io... io...

AGATA (abbracciandola e rompendo in singhiozzi, perdutamente). No... per te, mamma! .... no... no... per te...

MADDALENA. Per me? Ma no! Che dici, per me? Non pensare a me, figliuola mia! Non c'è da risparmiar dolori, qua, l'una all'altra! Né da scappare! Dobbiamo stare qua, e soffrire tutti e tre insieme, e cercare di dividerci la pena, perché il male lo abbiamo fatto tutti e tre!

AGATA. Tu no... tu no, mamma!

MADDALENA. Io più di te, figliuola mia! E ti giuro che soffro più di te!

AGATA. No, mamma! Perché io soffro anche per te!

MADDALENA. E io per te soltanto, e perciò di più! Non la divido io, la mia pena, perché sono tutta in te, figliuola mia! . - Aspetta... aspetta... si tratta di vedere...

AGATA. E' orribile! E' orribile!

MADDALENA. Lo so... Ma vediamolo, prima!

AGATA. Non posso! non posso, mamma!

MADDALENA. Ma se siamo qua noi, con te! - Non c'è inganno! . Non nascondiamo nulla! Rimaniamo qua, noi - io e Fabio – accanto a te!

AGATA. Ma sarà qui, te l'immagini? qui, sempre, tra noi, Fabio, uno che sa ciò che nascondiamo agli altri!

FABIO. Ma avrà anche lui interesse di nasconderlo - per se, e anche a se stesso - e starà ai patti! Se non ci starà, tanto meglio per noi!

- Appena accennerà di non volerci più stare, avrò io il mezzo di farlo andar via. Tanto, non c'Importerà più di lui!

MADDALENA. Capisci! Già! Perché, sempre? Può essere per poco.

FABIO. Per poco! per poco! Starà anche a noi, che sia per poco!

AGATA. No, no! Ce lo vedremo sempre davanti!

MADDALENA. Ma aspettiamo di conoscerlo, prima. Setti ha proprio assi curato...

FABIO. Ci sarà modo! Ci sarà modo!

MADDALENA. E' molto intelligente, e...

Si sente picchiare all'uscio in fondo. Pausa di sgomento. Poi.

Ah, eccolo... sarà lui...

SCENA SESTA

CAMERIERA, DETTI.

AGATA (balzando in piedi e afferrandosi alla madre). Via, via, mamma!

Oh Dio!

Trascina la madre verso l'uscio a destra.

MADDALENA. Ma si, gli parlerà lui. - Andiamo, andiamo di là, noi...

FABIO. Sta' tranquilla!

Maddalena e Agata via per l'uscio a destra.

Avanti.

CAMERIERA (aprendo l'uscio di fondo e annunziando). Il signor Setti, con un signore.

FABIO. Fa' passare.

Cameriera via.

23

SCENA SETTIMA

MAURIZIO, BALDOVINO, FABIO.

MAURIZIO (entrando). Ah, ecco... - Fabio, ti presento il mio amico Angelo Baldovino.

Fabio s'inchina. A Baldovino.

Il marchese Fabio Colli, mio cugino.

Baldovino s'inchina.

FABIO. Prego, s'accomodi.

MAURIZIO. Voi avete da parlare, e vi lascio.

A Baldovino stringendogli la mano:

Ci rivedremo più tardi all'albergo, noi, eh? Addio, Fabio.

FABIO. Addio.

Maurizio esce per la comune.

SCENA OTTAVA

BALDOVINO, FABIO.

BALDOVINO (seduto, s'insella le lenti su la punta del naso e, reclinando indietro il capo). Le chiedo, prima di tutto, una grazia.

FABIO. Dica, dica...

BALDOVINO. Signor marchese, che mi parli aperto.

FABIO. Ah, sì, sì... Anzi, non chiedo di meglio.

BALDOVINO. Grazie. Lei forse però non intende questa espressione ((aperto)), come la intendo io.

FABIO. Ma... non so... aperto... con tutta franchezza...

E poiché Baldovino, Con Un dito, fa cenno di no,

...E come, allora?

BALDOVINO. Non basta. Ecco, veda, signor marchese: inevitabilmente, noi ci costruiamo. Mi spiego. Io entro qua, e divento subito, di fronte a lei, quello che devo essere, quello che posso essere - mi costruisco - cioè, me le presento in una forma adatta alla relazione che debbo contrarre con lei. E lo stesso fa di se anche lei che mi riceve. Ma, in fondo, dentro queste costruzioni nostre messe cosi di fronte, dietro le gelosie e le imposte, restano poi ben nascosti i pensieri nostri più segreti, i nostri più intimi sentimenti, tutto ciò che siamo per noi stessi, fuori delle relazioni che vogliamo stabilire. - Mi sono spiegato?

FABIO. Sì, sì, benissimo... Ah, benissimo! Mio cugino mi ha detto che lei è molto intelligente.

BALDOVINO. Ecco, lei forse crede, adesso, che io abbia voluto darle un saggio della mia intelligenza.

FABIO. No, no... dicevo, perché... approvo, approvo ciò che lei ha saputo dire così bene.

BALDOVINO. Comincio io, allora, se permette, a parlare aperto. - Provo da un pezzo, signor marchese - dentro - un disgusto indicibile delle abiette costruzioni di me, che debbo mandare avanti nelle relazioni che mi vedo costretto a contrarre coi miei... diciamo simili, se lei non s'offende.

FABIO. No, prego... dica, dica pure...

BALDOVINO. Io mi vedo, mi vedo di continuo, signor marchese; e dico: - Ma quanto è vile, ma com'è indegno questo che tu ora stai facendo!

FABIO (sconcertato, imbarazzato). Oh Dio... ma no... perché?

BALDOVINO. Perché sì, scusi. Lei, tutt'al più, potrebbe domandarmi perché allora lo faccio? Ma perché... molto per colpa mia, molto anche per colpa d'altri, e ora, per necessità di cose, non posso fare altrimenti. Volerci in un modo o in un altro, signor marchese, è presto fatto. tutto sta, poi, se possiamo essere quali ci vogliamo. Non siamo soli! - Siamo noi e]a bestia. La bestia che ci porta. - Lei ha un bel bastonarla: non si riduce mai a ragione. - Vada a persuader l'asino a non andare rasente ai precipizii: - si piglia nerbate, cinghiate, strattoni; ma va lì, perché non ne può far di meno. E dopo che lei l'ha bastonata, pestata ben bene, le guardi un po' gli occhi addogliati: scusi, non ne sente pietà? - Dico pietà. non scusarla! - L'intelligenza che scusi la bestia, s'imbestialisce , anch'essa. Ma averne pietà é un'altra cosa! Non le pare?

FABIO. Ah, certo... certo... - Vogliamo dunque venire a noi?

BALDOVINO. Ci siamo, signor marchese. Le ho detto questo, per farle intendere che, avendo il sentimento di quel che faccio, ho anche una certa dignità che mi preme di salvare. Non c'é altro mezzo di salvarla, che parlando aperto. - Fingere, sarebbe orribile, oltre che laido, volgarissimo. - La verità!

FABIO. Ecco, sì... chiaramente... Vedremo d'intenderci...

BALDOVINO. E, allora, se permette. , domanderò.

FABIO. Come dice?

BALDOVINO. Le farò qualche domanda, se permette.

FABIO. Ah, sì, domandi pure.

BALDOVINO. Ecco.

Trae di tasca un taccuino.

Ho qua gli estremi della situazione. Dovendo fare una cosa seria. meglio per lei, meglio per me.

Apre il taccuino e lo sfoglia:. intanto, comincia a domandare, con l'aria d'un giudice non severo:

Lei, signor marchese, è l'amante della signorina...

FABIO (scattando per troncare subito quella domanda e quella ricerca nel taccuino). Ma no! scusi... così...

BALDOVINO (calmo, sorridente). Vede? Lei recalcitra fin dalla prima domanda!

FABIO. Ma certo! Perché...

BALDOVINO (subito, severo). Non è vero? dice che non è vero? - E allora

Si alza.

mi scusi, signor marchese. Le ho detto che ho la mia dignità. - Non potrei prestarmi a una trista e umiliante commedia.

FABIO. Ma come! io credo che, anzi, così come vuol far lei...

BALDOVINO. S'inganna. La mia dignità (quella che può essere) posso salvarla solamente a patto che lei parli con me come con la Sua stessa coscienza. - O cosi, signor marchese, o non ne facciamo niente. - Non mi presto a finzioni indecorose. - La verità. - Mi vuol rispondere?

FABIO. Ebbene... sì... Ma non cerchi in codesto taccuino, per carità. Lei vuole alludere alla signorina Agata Renni?

BALDOVINO (non transigendo, seguita a cercare; trova; ripete). Agata Renni, precisamente. - Ventisette anni?

FABIO. Ventisei.

BALDOVINO (guarda nel taccuino). Compiti il nove del mese scorso: dunque, nel ventisettesimo. E...

Guarda di nuovo nel taccuino.

ci sarebbe una mamma?

FABIO. Ma scusi!

BALDOVINO. E scrupolo, creda, nient'altro che scrupolo da parte mia; affidamento per lei. Mi troverà sempre cosi preciso, signor marchese.

FABIO. Ebbene, si, c'è la madre.

BALDOVINO. Quanti anni, scusi?

FABIO. Ma... non so... ne avrà cinquantuno... cinquantadue...

BALDOVINO. Soltanto? - Ecco, perché... - dico francamente - sarebbe meglio che non ci fosse. - La madre è una costruzione irriducibile. - Ma sapevo che c'era. Dunque, abbondiamo un poco... diciamo cinquantatré. - Lei, signor marchese, avrà su per giù l'età mia... - Io sono sciupato. Ne mostro di più. Ne ho quarantuno.

FABIO. Oh, ne ho di più io, allora. Quarantatré.

BALDOVINO. Ah, mi congratulo: li porta meravigliosamente. - Sa? Forse anch'io, rimettendomi un poco... - Quarantatré, dunque. - Ora, scusi, debbo toccare un altro tasto molto delicato.

FABIO. Mia moglie?

BALDOVINO. Ne è separato. - Per torti... - lo so, lei è un perfetto gentiluomo - e chi non è capace di farne, è destinato a riceverne. - Per torti, dunque, della moglie. - E ha trovato qua una consolazione. Ma la vita - trista usuraja - si fa pagare quell'uno di bene che concede, con cento di noje e di dispiaceri.

FABIO. Purtroppo!

BALDOVINO. Eh, l'avrei a sapere! - Bisogna che ella sconti la sua consolazione, signor marchese! Ha davanti l'ombra minacciosa d'un protesto senza dilazione. - Vengo io a mettete una firma d'avallo, e ad assumermi di pagare la sua cambiale. - Non può credere, signor marchese, quanto piacere mi faccia questa vendetta che posso prendermi contro la società che nega ogni credito alla mia firma. Imporre questa mia firma; dire. - Ecco qua: uno ha preso alla vita quel che non doveva e ora pago io per lui, perché se io non pagassi, qua un'onestà fallirebbe, qua l'onore d'una famiglia farebbe bancarotta; signor marchese, è per me una bella soddisfazione: una rivincita! - Creda che non lo faccio per altro. Lei ne dubita? Ne ha tutto il diritto. perché io sono... - mi permette un paragone?

FABIO. Ma si, dica, dica,

BALDOVINO (seguitando). ...come uno che venga a mettere in circolazione oro sonante in un paese che non conosca altro che moneta di carta. - subito si diffida dell'oro; è naturale. - Lei ha certo la tentazione di rifiutarlo: no? Ma è oro, stia sicuro, signor marchese. - Non ho potuto sperperarlo, perché l'ho nell'anima e non nelle tasche. Altrimenti!

FABIO. ecco, bene! E allora, questo. Benissimo! Io non vado cercando altro, signor Baldovino. L'onestà! la bontà dei sentimenti!

BALDOVINO. Ho anche i ricordi della mia famiglia... - Mi è potuto costare di sacrifizii d'amor proprio, d'amarezze senza fine, di ribrezzo, di schifo... - essere disonesto. Che vuole che mi costi l'onestà? - Lei m'invita... sì, dico, doppiamente a nozze. Sposerò per finta una donna ; ma sul serio, io sposo l'onestà.

FABIO. Ecco, si - e basta! Mi basta questo!

BALDOVINO. Basta? - Le pare che le basti? - Scusi, signor marchese; e le conseguenze?

FABIO. Come? Non capisco.

BALDOVINO. Eh. vedo che lei... - certamente perché soffre davanti a me e fa a se stesso una grande violenza per resistere a questa situazione penosa, pure d'uscirne, tratta con molta leggerezza la cosa.

FABIO. No, no: tutt'altro! . Come, con leggerezza?

BALDOVINO. Permette? - La mia onestà, signor marchese, dev'essere o non dev'essere?

FABIO. Ma sì che dev'essere! E' l'unica condizione che le pongo!

BALDOVINO. benissimo. Nei miei sentimenti, nella mia volontà, in tutti i miei atti. - C'è. - Me la sento. - La voglio. - La dimostrerò. - Ebbene?

FABIO. Che ebbene? Le ho detto che mi basta questo!

BALDOVINO. Ma le conseguenze, signor marchese, scusi! - Guardi: l'onestà, così come lei la vuole da me - che cos'è? - Ci pensi un po'. - Niente. - Un'astrazione. - Una pura forma. - diciamo:l'assoluto. - Ora scusi, se io devo essere cosi onesto, bisognerà pure che io la viva - per cosi dire - quest'astrazione; che dia corpo a questa pura forma; che io senta quest'onestà astratta e assoluta. - E quali saranno allora le conseguenze? Ma prima di tutte, questa, guardi: . che io dovrò essere un tiranno.

FABIO - Un tiranno?

BALDOVINO. Per forza! - Senza volerlo! - Per ciò che riguarda, la pura forma, intendiamoci! (Il resto non m'appartiene). - Ma per la pura forma, onesto come lei mi Vuole e come io mi voglio - di necessità dovrò essere un tiranno glielo avverto. - Vorrò rispettate fino allo scrupolo tutte le apparenze, il che di necessità importerà gravissimi sacrifizii a lei, alla signorina, alla mamma; un'angustiosissima limitazione di libertà, il rispetto a tutte le forme astratte della vita sociale. E... parliamoci chiaro, signor marchese, anche per farle vedere che sono animato del più fermo proposito - sa che verrà fuori subito, da tutto questo? ciò che s'imporrà tra noi e salterà agli occhi di tutti? Che, trattando con me, - non si faccia illusioni - onesto com'io sarò - la cattiva azione la commettono loro, non io! - Io, in tutta questa combinazione non bella, non vedo che una cosa sola: la possibilità che loro mi fanno - e che io accetto - d'essere onesto.

FABIO. Ecco... caro signore... - capirà... - già lei stesso l'ha detto - non... non mi trovo in condizione di seguirla bene, in questo momento... - Lei parla meravigliosamente; ma tocchiamo terra, per carità!

BALDOVINO. Io? terra? Non posso!

FABIO. Come non può, scusi? che vuol dire?

FABIO. Come non può, scusi? che vuol dire?

BALDOVINO. Non posso, per la condizione stessa in cui lei mi mette, signor marchese! - Io devo vagare per forza nell'astratto. Guai se toccassi terra! - La realtà non è per me: se la riserba lei. La tocchi lei. Parli: io starò ad ascoltarla. - Sarò l'intelligenza che non scusa, ma compatisce -

FABIO (subito, additando se stesso). - la bestia? -

BALDOVINO. Scusi: conseguenza!

FABIO. Ma si! ma si! Ha ragione! E' proprio così! Dunque, parlo io, parla la bestia: terra terra, alla buona, sa? lei ascolti e patisca. - Proprio per intenderci...

BALDOVINO. Dice per me?

FABIO. Con lei, ma si! Con chi dunque?

BALDOVINO. No, signor marchese! Con se stesso bisogna che lei s'intende Io, per me, ho già bell'e inteso tutto. - Ho parlato tanto - (non soglio mica parlare molto io, sa?) - ho parlato perché vorrei che lei si facesse capace di tutto, bene.

FABIO. Io?

BALDOVINO. Lei, lei. Per me, già ci sono. E' facilissimo. - che debbo fare io? - Nulla. - Rappresento la forma. - L'azione - e non bella - la commette lei: - l'ha già commessa, e io gliela riparo ; seguiterà a commetterla, e io la nasconderò. - Ma per nasconderla bene, nel suo stesso interesse e nell'interesse sopratutto della signorina, bisogna che lei mi rispetti ; e non le sarà facile nella parte che si vuol riserbare! - Rispetti, dico, non propriamente me, ma la forma - la forma che io rappresento. l'onesto marito d'una signora perbene. Non la vuol rispettare?

FABIO. Ma sì, certo!

BALDOVINO. E non comprende che sarà tanto più rigorosa e tiranna, questa forma, quanto più pura lei vorrà che sia la mia onestà? - Perciò le dicevo di badare alle conseguenze. - Non per me, per lei! Io, guardi: ho buone lenti per la mia filosofia. E per salvare, in queste condizioni, la mia dignità, mi basterà vedere nella donna che di nome sarà mia - una madre.

FABIO. Ecco, già... benissimo!

BALDOVINO. E concepire i miei rapporti con lei a traverso la creaturina che verrà - cioè, a traverso l'ufficio che mi toccherà d'adempiere: candido, nobilissimo ufficio, tutto compreso dell'innocenza del nascituro o della nascitura, che sarà. - Va bene così?

FABIO. Benissimo, sì sì, benissimo!

BALDOVINO. Per me, badi, non per lei benissimo! - Lei, signor marchese, più approva e più va incontro a un mondo di guaj!

FABIO. Come... perché, scusi? - Io non vedo tutte codeste difficoltà che vede lei!

BALDOVINO. Credo mio obbligo fargliele Vedere, signor marchese. Lei è un gentiluomo. Necessità di cose, di condizioni, la costringono a non agire onestamente. Ma lei non può fare a meno dell'onestà! Tanto Vero che, non potendo trovarla in ciò che fa, la vuole in me. Devo rappresentarla io, la sua onestà: - esser cioè, l'onesto marito devo rappresentarla io, la sua onestà: - esser cioè, l'onesto marito d'una donna, che non può essere sua moglie; l'onesto padre d'un nascituro, che non può essere suo figlio. E' vero questo?

FABIO. sì, si, è vero.

BALDOVINO. Ma se la donna è sua, e non mia; se il figliolo è suo, e non mio, non capisce che non basterà che sia onesto soltanto io? - Dovrà essere onesto anche lei, signor marchese, davanti a me. Per forza! - Onesto io, onesti tutti. - Per forza!

FABIO. Come come -? Non capisco! Aspetti...

BALDOVINO. Lei si sente mancare il terreno sotto i piedi.

FABIO. Ma no, dico... se debbono mutare le condizioni...

BALDOVINO. Per forza! Le muta lei! Queste apparenze da salvare, signor marchese, non sono soltanto per gli altri! Ce ne sarà una, qua - anche per voi! una che voi stessi avrete voluta e a cui io appunto dovrei dar corpo: - la vostra onestà. - Ci pensa lei? Badi che non è facile!

FABIO. Ma se lei sa! -

BALDOVINO. Appunto perché so! - Parlo contro il mio interesse; ma non posso farne a meno. - La consiglio di rifletter bene, signor marchese!

Pausa. Fabio si alza e si mette a passeggiare concitatamente, costernato. Si alza anche Baldovino e aspetta.

FABIO (passeggiando). Certo che... comprenderà che... se io...

BALDOVINO. Ma sì, creda, sarà bene che lei ci rifletta ancora un poco, su quanto le ho detto, e lo riferisca - se crede - anche alla signorina.

Guarda appena verso l'uscio a destra.

Forse non ce ne sarà bisogno, perché... .

FABIO (voltandosi di scatto, con ira). Che cosa crede?

BALDOVINO (calmissimo, triste). Oh... sarebbe in fondo naturalissimo. - Io mi ritiro. - Mi comunicherà, o mi farà comunicare all'albergo le sue decisioni.

Fa per avviarsi; si volta.

Può contare intanto, signor marchese, insieme con la signorina, su la mia intera discrezione.

FABIO. Ci conto.

BALDOVINO (lento, grave). Sono carico, per conto mio, di ben altre colpe; e qui, per me, non c'è colpa, ma solo una sventura. - Qualunque sia la decisione, sappia che resterò sempre gratissimo - in segreto - al mio antico compagno di collegio, d'avermi stimato degno d'accostarmi onestamente a questa sventura.

Si inchina.

Signor marchese...

TELA

ATTO SECONDO

Magnifico salotto in casa Baldovino. Vi hanno posto alcuni mobili

già veduti nel salotto dell'atto precedente. Uscio comune in fondo; usci

laterali a destra e a sinistra.

SCENA PRIMA

MARCHETTO FONGI, il MARCHESE FABIO.

Fongi, al levarsi della tela, col cappello e il bastone in mano tiene coll'altra aperto il battente
dell'uscio a sinistra e parla verso l'interno, a Baldovino. Fabio sta in attesa, come uno che non voglia
farsi né vedere né sentire di là.

FONGI (verso l'interno). Grazie, grazie, Baldovino, sì... Ma figurati se non vorrò assistere alla
candida festa! Grazie. Sarò qui, sarò qui con gli amici consiglieri, tra una mezz'oretta. A rivederci.

Chiude l' uscio. si volta verso Fabio che gli si appressa in punta di piedi, strizza un occhio e gli fa
un cenno furbesco col capo.

FABIO (piano, con ansia). Si? Credi proprio?.

FONGI (gli risponde prima col capo, tenendo ancora l'occhio strizzato). C'è cascato! c'è cascato!

FABIO. Pare anche a me. Sono già sei giorni!

FONGI (mostra tre dita d'una mano e le agita). Tre... trecento... trecentomila lire - Te l'ho detto? . -
Non poteva fallire!

Gl'inserisce un braccio sotto il braccio e s'avvia con lui verso la comune, parlando.

Sarà una scena da commedia. Ma lasciate fare a me! lasciate fare a me! Lo piglieremo pulitamente per il bavero.

Via con Fabio.

SCENA SECONDA

BALDOVINO, MAURIZIO.

La scena resta vuota un tratto. Si apre l'uscio a sinistra e ne escono Baldovino e Maurizio.

MAURIZIO (guardando in giro). Ma sai che ti sei messo proprio bene?

BALDOVINO (astratto). si.

Con un sorriso ambiguo.

Con perfetto decoro.

Pausa.

E dunque... di' di', dove sei stato? .

MAURIZIO. Mah! Un po' in giro. Fuori delle vie ordinarie.

BALDOVINO. Tu?

MAURIZIO. Perché? Non credi?

BALDOVINO. Fuori delle vie ordinarie? Nel senso che non sarai stato a Parigi o a Nizza o al Cairo. - Dove sei stato?

MAURIZIO. Nel paese del caucciù e delle banane!

BALDOVINO. Al Congo? .

MAURIZIO. sì. Nelle foreste. Oh sai? autentiche.

BALDOVINO. Ah! E belve, ne hai vedute?

MAURIZIO. Quei poveri negri delle mehalle.

BALDOVINO. No, dico belve sul serio: qualche tigre, qualche leopardo!

MAURIZIO. Che, che! Grazie. - Perdio, come ti sfavillano gli occhi!

BALDOVINO (sorride amaramente. piega le dita d'una mano e ne mostra le unghie a Maurizio). Vedi dove siamo arrivati? E non ce le tagliamo mica per disarmarci! anzi! Perché paiano più civili, le nostre mani: vale a dire più atte a una lotta ben più feroce di quella che i nostri avi bestioni combattevano, poveretti, con le sole unghie. - Ho avuto sempre, perciò, invidia delle belve. E tu, disgraziato, sei stato nelle foreste e non hai veduto nemmeno un lupo?

MAURIZIO. Via, via! - Parliamo di te. - Ebbene, come va?

BALDOVINO. Che cosa?

MAURIZIO. Ma, dico, tua moglie. Cioè... la signora?

BALDOVINO. Come vuoi che vada? Benissimo.

MAURIZIO. E... i tuoi rapporti?

BALDOVINO (lo guarda un po'; poi alzandosi). Che vuoi che siano!

MAURIZIO (cangiando tono, rinfrancandosi). Ti trovo benone, però, sai?

BALDOVINO. sì, mi occupo.

MAURIZIO. Ah, già! So che Fabio ha messo su una società anonima.

BALDOVINO. Sì, per mettermi le mani in pasta. - Fa ottimi affari.

MAURIZIO. Ne sei il consigliere delegato?

BALDOVINO. Fa ottimi affari per questo.

MAURIZIO. Già, già, ho saputo! E vorrei entrarci anch'io; ma... dicono che sei d'un rigore spaventoso!

BALDOVINO. Sfido! - non rubo...

Gli s'appressa, gli posa le mani su ambo le braccia.

Sai, per le mani, centinaj a di migliaj a. Poterle considerare come carta straccia; non sentirne più bisogno, minimamente -

MAURIZIO. - eh, per te dev'essere un gran piacere -

BALDOVINO. - divino! - E nessun colpo fallito, sai! - Ma si lavora, si lavora! - E bisogna che tutti mi seguano!

MAURIZIO. Già... è questo...

BALDOVINO. Si lamentano, eh? Di' un po'. strillano? mordono il freno?

MAURIZIO. dicono... dicono che potresti essere un po' meno... meticoloso, ecco!

BALDOVINO. Eh, lo so! . - Li soffoco! Soffoco tutti quanti. Chiunque mi s'accosti! - Ma tu lo capisci: non posso farne a meno! dieci mesi non sono più un uomo!

MAURIZIO. No? E che sei?

BALDOVINO. Ma te l'ho detto: quasi una divinità! - Potresti in tenderlo! - Non ho corpo se non per l'apparenza. Sto tuffato in mezzo alle cifre, alle speculazioni; ma sono per gli altri; non c'è - e voglio che non ci sia - un centesimo di mio! Sto qua, in questa bella casa, e quasi non vedo e non sento e non tocco nulla. Mi meraviglio io stesso talvolta d'udire il suono della mia voce, il rumore dei miei passi; d'avvertire che ho bisogno anch'io di bere un bicchier d'acqua o di riposarmi. - Vivo, capisci? de-li-zi-o-sa-men-te, nell'assoluto di una pura forma astratta!

MAURIZIO. Dovresti sentire un po' di compassione per i poveri mortali!

BALDOVINO. La sento. ma non l'osso fare altrimenti. Lo dissi però, glielo feci bene osservare avanti, a tuo cugino il marchese! - Io sto ai patti.

MAURIZIO. Ma tu ci provi anche un diabolico gusto!

BALDOVINO. Non diabolico, no! Sospeso nell'aria, mi sono come adagiato su una nuvola: è il piacere dei Santi negli affreschi delle chiese!

MAURIZIO. Capirai, intanto, che non è possibile durare a lungo così.

BALDOVINO (capo, dopo una pausa). Ah, lo so! - Finirà. E forse presto! - Ma badino! Bisognerà veder come.

Lo guarda negli occhi.

Lo dico per loro. Apri bene gli occhi a tuo cugino! Mi pare che desideri troppo di disfarsi al più presto di me. - Ti turbi? Sai qualche cosa?

MAURIZIO. No, proprio nulla.

BALDOVINO. Via, sii sincero. Compatisco, bada! . E' così naturale!

MAURIZIO. T'assicuro che non so nulla. Ho parlato con la signora Maddalena. Non ho ancora visto Fabio.

BALDOVINO. Eh, lo so! Tutti e due, la madre e tuo cugino, avranno pensato. - ((La maritiamo pro forma; dopo qualche tempo, con un pretesto qualsiasi ci sbarazziamo di lui)). - La cosa più sperabile, difatti, era questa. - Ma non lo possono sperare! - Sono stati di una deplorevole leggerezza anche in questo.

MAURIZIO. Lo sospetti tu! . Chi te lo dice?

BALDOVINO. Tanto vero che hanno posto come patto fondamentale la mia onestà!

MAURIZIO. Ecco, dunque! Vedi bene...

BALDOVINO. Come sei sciocco! La logica è una cosa, l'animo è un'altra. Si può per coerenza logica proporre una cosa, e con l'animo sperarne un'altra. - Ora, credi, potrei prestarmi, per far cosa grata a lui calla signora, a offrire un pretesto perché si sbarazzino di me. - Ma non lo sperino, perché io... - si, potrei farlo - ma non lo farò - per loro - non lo farò perché loro non possono assolutamente desiderare che io lo faccia!

MAURIZIO. Perdio, sei terribile! Neghi loro anche la possibilità del desiderio che tu commetta una cattiva azione?

BALDOVINO. Guarda. Supponiamo che lo faccia. In prima, rifiaterebbero. Si leverebbero davanti l'ingombro opprimente della mia persona. L'onestà, mancata in me, potrà credersi - se non in tutto, almeno in parte - rimasta con loro. la signora rimarrà moglie legittima, separata da un marito indegno; e in questa indegnità del marito, giovine com'ella è, potrà trovare una scusa di farsi consolare da un vecchio amico di casa. Ciò che non era permesso a una signorina, si può condonare facilmente a una signora assolta da ogni obbligo di fedeltà coniugale. Va bene? - Io dunque, marito, potrei essere disonesto e farmi cacciare. - Ma io non sono entrato qua soltanto come marito. Da semplice marito, anzi, non sarei mai entrato: non ce ne sarebbe stato bisogno! C'era bisogno di me, in quanto questo marito doveva tra poco esser padre ; tra poco, dico, in tempo... quasi debito. Qua c'era bisogno del padre. E il padre... eh, il padre nell'interesse di lui, del signor marchese, dev'essere per forza onesto! - Perché se da marito posso andarmene senza recar danno a mia moglie, la quale, lasciato il mio nome, riprenderà il suo; da padre, la mia cattiva azione danneggerebbe per forza il figlio che non avrà altro nome che il mio; e più in basso io cadrò e più danno egli ne avrà. E questo, lui, non può assolutamente desiderarlo.

MAURIZIO. Ah, no davvero!

BALDOVINO. Vedi, dunque? - E per cadere in basso, ci cadrei; tu mi conosci! Per vendicarmi dell'azione che mi farebbero, cacciandomi via malamente, vorrei con me il figliuolo, che per legge m'appartiene; lo lascerei loro qua due o tre anni per farli affezionare a lui; poi proverei che mia moglie convive da adultera col suo amante, e lo toglierei loro e lo trascinerei con me, giù... giù... Tu sai che ho in me un'orribile bestia, di cui ho voluto liberarmi, incatenandola in queste condizioni che mi sono state offerte. - Conviene a loro soprattutto farmele rispettare, come ne ho ferma volontà; perché, liberato da esse, oggi o domani, non so proprio dove andrei a finire.

Cambiando tono improvvisamente:

Basta, basta... - Di' un po' ti han mandato loro da me, appena arrivato? - Su, su, che hai da domandarmi? Sbrigati, per favore.

Guarda l'orologio.

Ti ho accordato più tempo che non avrei dovuto. Sai che questa mattina c'è il battesimo del bambino? E ho, prima del pranzo, una riunione qua coi consiglieri invitati. Ti manda tuo cugino? Ti manda la signora madre?

MAURIZIO. Si, ecco; è appunto per il battesimo del piccino. - Codesto nome che vorresti imporgli...

BALDOVINO. Eh, lo so!

MAURIZIO. Ma scusa... - ti pare?

BALDOVINO. Lo so, povero piccino; è un nome troppo grosso! Rischia quasi di restarne schiacciato.

MAURIZIO (sillabando). Sigismondo!

BALDOVINO. Ma è un nome storico nella mia famiglia. - Mio padre Si chiamava così: il mio avo si chiamava così...

MAURIZIO. Non è una buona ragione per loro, capirai!

BALDOVINO. Ma neanch'io - tu lo sai - avrei mai pensato... Scusa,

42

è mia la colpa? Brutto nome, sì, goffo, specialmente per un piccino... e... - ti confesso

Pianissimo.

che se l'avessi avuto - di mio - forse non l'avrei chiamato così...

MAURIZIO. Ah, vedi? vedi?

BALDOVINO. Che vedo? - questo anzi deve dirti che non posso, ora. derogare a questo nome! - Siamo sempre lì! - Non per me; è per la forma! - Per la forma - tu lo capisci - giacche debbo dargli un nome - io non posso dargli che questo! - E' inutile, sai? È proprio inutile, che insistano! . Mi dispiace ; ma non transigo, puoi dirglielo! - Mi lascino lavorare, perbacco. Sono futilità, codeste! Mi dispiace, caro, d'accoglierti così. - A rivederci, eh? A rivederci.

Gli stringe in fretta la mano e via per l'uscio a sinistra.

SCENA TERZA

MAURIZIO, la SIGNORA MADDALENA, FABIO.

Maurizio resterà come uno che sia lasciato in asso sul più bello. Poco dopo, dall'uscio a destra entreranno, uno dopo l'altra, la signora Maddalena e Fabio, mogi mogi, come sospesi alla notizia che attendono. Maurizio li guarderà e con un dito si gratterà la nuca. Prima la signora Maddalena, poi Fabio, gli faranno un muto cenno interrogativo col capo quella con occhi pietosi, questi, invece, aggrottati. Maurizio risponderà con un altro cenno negativo del capo, socchiudendo gli occhi, poi aprirà le braccia. La signora Maddalena cascherà a sedere, come annientata e resterà lì. Fabio sederà anch'egli, ma tutto aggruppato, con le pugna serrate sui ginocchi. Sederà anche Maurizio tentennando il capo, e soffierà più di un lungo sospiro per le nari. Nessuno dei tre avrà forza di rompere il silenzio che li schiaccia. Ai sospiri soffiati per il naso da Maurizio risponderanno gli sbuffi a bocca piena di Fabio. La signora Maddalena non potrà sbuffare e neanche sospirare. Scoterà sconsolatamente il capo con gli angoli della bocca contratti in giù. A ogni sospiro, a ogni sbuffo degli altri due. Gli attori non abbiano timore di protrarre lungamente questa scena muta. A un certo punto, Fabio balzerà in piedi e si metterà a passeggiare, fremente, aprendo e serrando le pugna. Poco dopo si alzerà anche Maurizio, si appresserà e si chinerà verso la signora Maddalena, porgendole la mano per accomiatarsi.

MADDALENA (piano, come se si lamentasse, porgendo anche lei la mano). Ve ne andate?

FABIO (voltandosi di scatto). Ma lo lasci andare! Non so con qual coraggio abbia potuto presentarsi qua!

A Maurizio:

Tu non mi guarderai più in faccia!

Si rimetterà a passeggiare.

MAURIZIO (non oserà protestare; si volterà appena a guardarlo, con la mano della signora Maddalena ancora nella sua, poi dirà, piano). La signora?

MADDALENA (piano, come se si lamentasse). Attende di là al bambino.

MAURIZIO (con la mano della signora Maddalena ancora nella sua, dirà piano). Me la ossequi.

Si porterà alla bocca la mano della signora Maddalena e gliela bacerà; poi tornerà ad aprire le braccia.

Le dica che... che mi perdoni.

MADDALENA. Oh, lei, almeno. ha ora il suo bambino!

FABIO (sempre passeggiando). Si! Si divertirà col suo bambino! . Appena egli comincerà a esercitare anche su lui la sua vessazione!

MADDALENA. E' questo, questo il mio terrore! .

FABIO (sempre passeggiando). Ha già cominciato col nome!

MADDALENA (a Maurizio). Credete, da dieci mesi non respiriamo più!

FABIO (sempre passeggiando). Figuriamoci come lo vorrà educare!

MADDALENA. E' terribile... - Non possiamo più leggere neanche un giornale

MAURIZIO. No? Perché?

MADDALENA. Mah! Ha certe idee sulla stampa...

MAURIZIO. Ma... è duro, in casa? aspro?

MADDALENA. Che! Peggio... Garbatissimo! . - Sa dire le cose per noi più dure in una maniera... con argomenti così impensati e che paiono, stando a sentirlo, così inoppugnabili, che siamo sempre costrette a fare come vuol lui! - E' un uomo spaventoso, spaventoso, Setti! - Io non ho più forza neanche di fiatare.

MAURIZIO. Signora mia, che vuole che le dica? Mi sento proprio annichilito. Non avrei mai creduto...

FABIO (scattando di nuovo). Fammi il piacere! Non me ne posso andare io, in questo momento, perché c'è il battesimo; se no, me n'andrei subito! Ma vattene, vattene tu! Lo capisci che non posso più sentirti dire così? Che non posso più vederti davanti a me?

MAURIZIO. Hai ragione, sì... Vado, Vado...

SCENA QUARTA

CAMERIERE e DETTI.

CAMERIERE (aprendo l'uscio di fondo e annunziando). Il signor Parroco di Santa Marta.

MADDALENA (alzandosi). Ah, fate entrare.

Il cameriere si ritira.

MAURIZIO. A rivederla, signora.

MADDALENA. Ve ne volete proprio andare? Non volete assistere al battesimo? Fareste piacere ad Agata. - Fatevi vedere, fatevi vedere! Io spero molto in voi.

Maurizio aprirà ancora una volta le braccia: s'inchinerà, guarderà Fabio, non oserà neanche salutarlo; e andrà via per l'uscio di fondo, inchinandosi al Parroco di Santa Marta che nel frattempo, entrerà, introdotto dal cameriere il quale tornerà a ritirarsi, richiudendo l'uscio.

SCENA QUINTA

Il PARROCO DI SANTA MARTA, la SIGNORA MADDALENA e FABIO.

MADDALENA. Benvenuto, s'accomodi, signor Parroco.

PARROCO. Come sta? come sta, signora?

FABIO. Reverendo signor Parroco!

PARROCO. Caro signor marchese! - Son venuto, signora, per prendere le disposizioni.

MADDALENA. Grazie, signor Parroco. Già è stato qui il chierico che lei ha mandato.

PARROCO. Ah, bene, bene.

MADDALENA. Sissignore. E abbiamo preparato tutto di là. Anche con gli arredi che ha portato dalla chiesa. Ah, è venuto un amore, sa? Bello! proprio bello! Ora lo conduco a vedere -

PARROCO. - la signora?

MADDALENA (restando imbarazzata). Ecco, la faccio chiamare.

PARROCO. No, se è occupata! Volevo sapere se stava bene.

MADDALENA. Sì, adesso bene, grazie. - Capirà, è tutta del suo piccino.

PARROCO. Eh, me l'immagino!

MADDALENA. Non se ne stacca un momento.

PARROCO. E il signor marchese, dunque, sarà il padrino?

FABIO. Già... si...

MADDALENA. E io la madrina!

PARROCO. Ah, questo s'intende... E... per il nome? Resta fissato quello?

MADDALENA. Purtroppo...

Un grosso sospiro.

FABIO (rabbioso). Purtroppo!

PARROCO. Però... sanno... in fondo... è un bel santo.. un re! Io mi occupo, modestamente, d'agiografia...

MADDALENA. Oh, lo sappiamo, lei è un dotto!

PARROCO. No, no... per carità, non dica! Studio con passione... si... - Fu re di Borgogna, san Sigismondo, ed ebbe in moglie Amalberga, figliuola di Teodorico... Sebbene poi, rimasto vedovo... disgraziata. mente sposò una damigella di lei... una perfida che, per infami istigazioni, gli fece commettere... eh, si... il più atroce dei delitti... sul proprio figliuolo...

MADDALENA. Dio mio! Sul proprio figliuolo? E che gli fece?

PARROCO. Eh... (gesto delle due mani) - lo strangolò!

MADDALENA (quasi con un grido, a Fabio). Avete capito?

PARROCO (subito). Ah, ma si penti, sa? Subito! E si dedicò in espiazione agli esercizi della più rigida penitenza; si ritirò in un'abbazia; vesti il sajo; e le sue virtù e il supplizio sopportato con santa rassegnazione lo fecero onorare come un martire!

MADDALENA. Ebbe anche il supplizio?

48

PARROCO (con gli occhi socchiusi, allunga il collo, lo piega, e poi con un dito fa il segno della decapitazione). Nel 524, se non sbaglio.

FABIO. Non c'è male! Un bel santo! Strangola il figlio... muore decapitato...

PARROCO. Ma spesso i più grandi peccatori, signor marchese, diventano i santi più eccelsi! E questo fu anche un saggio, creda! Si deve a lui il codice dei Borgognoni, la famosa Loi Gombette! E' un'opinione, veramente combattuta; ma io sto col Savigny che la sostiene... si si... si si... io sto col Savigny!

MADDALENA. Per me, Padre, l'unico conforto è che potrò chiamarlo col suo diminutivo: - Dino.

PARROCO. Ecco, ecco... Sigismondo, Sigismodino, Dino... va benissimo! Per un bambino - Dino - quadra... quadra a meraviglia, è vero, signor marchese?

MADDALENA. Si! Ma sta a vedere se lui lo permetterà.

FABIO. Ecco... appunto...

PARROCO. Eh, dopo tutto... se tiene al nome del padre il signor Baldovino... - bisognerà aver pazienza... - Dunque, come si resta per l'ora?

MADDALENA. Ma bisognerà che lo dica lui, anche questo, signor Parroco. - Aspetti.

Preme un campanello elettrico alla parete.

Lo faremo subito avvertire. Abbia pazienza un momento.

SCENA SESTA

DETTI, CAMERIERE.

Il cameriere entra dall'uscio di fondo.

MADDALENA. Avvertite il signore che c'è qua il signor Parroco. Se può venire un momento... - Di qua, di qua...

Indicherà l'uscio a sinistra. Il cameriere s'inchinerà, attraverserà la scena, picchierà all'uscio a sinistra, aprirà e andrà via.

SCENA SETTIMA

Il PARROCO, la SIGNORA MADDALENA, FABIO, BALDOVINO.

BALDOVINO (entrando, premuroso, dall'uscio a sinistra). Oh, reverendissimo signor Parroco, onoratissimo della sua visita. Prego, prego, stia comodo.

PARROCO. L'onore è mio. Grazie, signor Baldovino. Noi l'abbiamo incomodata.

BALDOVINO. Che dice, per carità! Sono proprio felice di vederla in casa mia. In che posso servirla?

PARROCO. Favorirmi, grazie. Ecco... volevamo accordarci per l'ora del battesimo.

BALDOVINO. Ma a sua disposizione, signor Parroco; quando vuole! - La madrina è qua, il padrino è qua; la comare credo sia di là; io sono pronto... la chiesa è qui a due passi...

MADDALENA (con stupore)- Come? .

FABIO (con ira a stento repressa). Come?

BALDOVINO (voltandosi a guardarli, quasi stordito). Perché?

PARROCO (subito). Ecco, signor Baldovino... si era disposto... - ma come? lei non lo sapeva?

MADDALENA. E' tutto pronto di là!

BALDOVINO. Pronto? Che cosa?

PARROCO. Per il battesimo! Da celebrarlo in casa, per far più degna! A festa.

FABIO. Il signor Parroco stesso ha mandato alcuni arredi della chiesa!

BALDOVINO. Per far più degna la festa? Mi perdoni, signor Parroco, non m'aspettavo che lei dovesse dire cosi.

PARROCO. No, ecco... intendo.,. che in città è uso, sa? di tutti i signori più in vista, celebrare in casa la festa.

BALDOVINO (con semplicità sorridente). E lei non avrebbe più caro, signor Parroco, che uno desse l'esempio di quell'umiltà, per cui non c'è signori né poveri davanti a Dio?

MADDALENA. Ma nessuno vuole offendere Dio, celebrando in famiglia il battesimo!

FABIO. Eh via! Scusa... pare che sia un proposito in te di guastar tutto, ostacolando sempre ciò che propongono gli altri! - E' curioso, via... che tu... proprio tu, t'immischi in queste cose e faccia la lezione!

BALDOVINO. Per carità, caro marchese, non mi far fare la voce grossa. Vuoi forse la mia professione di fede?

FABIO. Ma no! non voglio niente!

BALDOVINO. Se ti pare un'ipocrisia da parte mia...

FABIO. Non ho detto ipocrisia! Mi pare un puntiglio, ecco!

BALDOVINO. Vuoi entrare nel mio sentimento? Che ne sai tu? Ma voglio ammettere tu creda che, secondo il sentimento mio, non dovrei dare importanza a quest'atto, che voi tutti pure volete compiere... - del battesimo! Ebbene; ma tanto più, allora! Se quest'atto non è per me, ma per il bambino, e io come voi riconosco e approvo che per lui si debba compiere, intendo che sia compiuto come si deve ; che il bambino, senz'alcun privilegio che offenderebbe l'atto stesso che gli si fa compiere, vada in chiesa, al fonte battesimale. Mi sembra curioso, piuttosto, che le facciate dire a me, queste cose, davanti al signor Parroco, che non può non riconoscere quanta maggior divozione, è vero? e solennità abbia un battesimo celebrato, nudamente, nella sua sede degna.

PARROCO. Ah, certo! non c'è dubbio!

BALDOVINO. Del resto, non ci sono soltanto io. - poiché si tratta del bambino - che prima di tutto appartiene alla madre – sentiamo anche lei!

Preme due volte alla parete il campanello elettrico.

Non parleremo né io, né voi : lasceremo parlare il signor Parroco.

SCENA OTTAVA

CAMERIERA, DETTI, AGATA.

La cameriera entrerà per l'uscio a destra.

BALDOVINO. Pregate la signora, se può favorire qua un momento.

La cameriera s'inchinerà e andrà via.

PARROCO. Ecco... io, veramente... avrei più caro che parlasse lei, signor Baldovino, che parla cosi bene...

BALDOVINO. Oh no, no; anzi, guardi: io mi ritiro. Dirà lei, come crede, le mie ragioni;

A Maddalena e a Fabio:

voi direte le vostre. Deciderà la madre, cosi, in piena libertà. E si farà come lei avrà deciso. - Eccola.

Agata, entrerà dall'uscio a destra, in una ricca vestaglia. Sarà pallida, rigida. Fabio e il Parroco si alzeranno. Baldovino starà in piedi.

AGATA. Oh, il signor Parroco.

PARROCO. Le mie congratulazioni, signora.

FABIO (inchinandosi). Signora...

53

BALDOVINO (ad Agata). E' per disporre circa il battesimo.

Al Parroco:

La riverisco, Reverendo.

PARROCO. La ossequio, signor Baldovino.

Baldovino, via per l'uscio a sinistra.

SCENA. NONA

DETTI, meno BALDOVINO.

AGATA. Ma non si è disposto? io non so...

MADDALENA. SI E tutto pronto di là! tutto... così bene!

FABIO. Ce n'è una nuova! .

PARROCO Il signor Baldovino... già...

MADDALENA. Non vuole che si faccia più in casa il battesimo!

AGATA. E perché non vuole?

MADDALENA. Ma perché, dice. .

PARROCO. Permette, signora? - Veramente non ha detto che non vuole vuole che decida lei, signora, perché sopratutto - ha detto - il bambino appartiene alla madre. Sicché, se lei vuole, signora, che si celebri in casa.

MADDALENA. Ma si! Come s'era rimasti!

PARROCO. Io veramente non ci trovo nulla di male.

FABIO. S'è fatto in tante case!

PARROCO. E l'ho fatto notare, è vero? l'ho fatto anche notare al signor Baldovino!

AGATA. E allora? Non so su che cosa debba decidere io.

PARROCO. Ah, ecco... Perché il signor Baldovino ha fatto osservare - e giustamente, bisogna riconoscerlo! con un senso di rispetto che gli fa molto onore - ha fatto osservare che il battesimo certamente avrebbe maggior solennità celebrato in chiesa nella sua sede degna : anche per non offendere... - ah! ha detto una parola veramente bella! - ((senz'alcun privilegio)) ha detto ((che offenderebbe l'atto stesso che si fa compiere al bambino)). - Come principio!... Come principio!...

AGATA. Ebbene, se lei approva...

PARROCO. Ah, come principio, signora, non posso non approvare!

AGATA. Dunque si faccia come vuol lui.

MADDALENA. Ah! Come? Approvi anche tu?

AGATA. Ma si che approvo, mamma!

PARROCO. Come principio, io dico, signora; ma poi...

FABIO. Non vi sarebbe nessun'offesa! .

PARROCO. Oh, certo! nessuna! che offesa?

FABIO. C'è solo il gusto di guastare una festa!

PARROCO. Ma se la signora stessa decide cosi...

AGATA. Si, signor Parroco ; decido cosi.

PARROCO. E allora, sta bene. - La chiesa è qui: non hanno che da farmi avvertire. - La ossequio, signora.

Alla signora Maddalena:

Signora...

MADDALENA. L'accompagno.

PARROCO. Non s'incomodi, prego... - Signor marchese...

FABIO. La riverisco.

PARROCO (a Maddalena). Non s'incomodi, signora.

MADDALENA. Ma no... prego, prego...

Via per la comune il Parroco e la signora Maddalena..

SCENA DECIMA

AGATA, FABIO.

Agata, pallidissima, fa per ritirarsi per l'uscio a destra. Fabio, tutto fremente, le si appresserà e le parlerà a voce bassa, concitatamente.

FABIO. Agata, in nome di Dio, non spingere fino all'estremo la mia pazienza!

AGATA. Basta,

Indicherà austeramente, più col capo che con la mano l'uscio a sinistra.

ti prego!

FABIO. Ancora... ancora come vuol lui?

AGATA Se come vuol lui, ancora una volta è giusto...

FABIO. Tutto, tutto è stato giusto per te, ciò che lui ha detto fin dal primo giorno che ci fu messo tra i piedi!

AGATA. Non ritorniamo adesso a discutere su ciò che fu stabilito allora, d'accordo!

FABIO. Ma perché vedo che sei tu, ora, tu! - Tutto è stato per te vincere l'orrore della prima impressione! Potesti vincerlo ascoltando, non vista, le sue parole - e ora, eccoti: puoi star tranquilla, così, a quanto si stabilì allora e che io accettai solamente per tranquillar te! Sei tu, ora, sei tu! Perché lui sa -

AGATA (subito, fiera). - che sa?

FABIO. Vedi? vedi? Tu vieni a lui! che egli sappia che tra, noi non c'è più nulla da allora!

AGATA. Io tengo a me!

FABIO. No! a lui! a lui!

AGATA. Io non posso tollerare per me stessa ch'egli supponga altrimenti!

FABIO. Ma si, per la stima di lui, che desideri! Come se egli non si fosse prestato a questo patto tra noi!

AGATA. Dire cosi, per mie, non significa altro - se mai - che la vergogna sua dovrebbe essere anche la nostra. - Tu la vorresti per lui. Io non la voglio per me!

FABIO. Ma io voglio quello che è mio! quello che dovrebbe esser mio ancora, Agata! - Te... te... te...

La afferrerà, freneticamente, per stringerla a sé.

AGATA (reluttando, senza cedere minimamente). No... no... via! lasciami andare! Te l'ho detto: --
non sarà mai, non sarà più, se tu prima non riuscirai a cacciarlo...

FABIO (senza lasciarla, con foga crescente). Ma sarà oggi stesso! Lo caccerò via come un ladro,
oggi, oggi stesso!

AGATA (stupita, senza più forza di resistere). Come un ladro?

FABIO (stringendola a se). Si... si... come un ladro! come un ladro! C'è cascato! Ha rubato!

AGATA. Ne sei certo?

FABIO. Ma si! Ha già più di trecentomila lire in tasca! - Lo cacceremo via oggi stesso! , - E tu
tornerai mia, mia, mia...

SCENA UNDECIMA

BALDOVINO, DETTI.

S'apre l'uscio a sinistra e ne uscirà col cappello a staio in capo Baldovino. Scoprendo i due
abbracciati, subito si fermerà, sorpreso.

BALDOVINO. Oh! - chiedo scusa...

Poi con severità attenuata da un sorriso di finissima arguta:

Dio mio, signori: sono entrato io, e non è niente ; ma pensate, poteva entrare il cameriere. - Chiudete almeno le porte, mi raccomando.

AGATA (fremente di sdegno). Non c'era affatto bisogno di chiudere!e porte!

BALDOVINO. Non dico per me, signora. Lo dico al signor marchese, per lei!

AGATA. L'ho detto io stessa al signor marchese, che ora -- del resto -

Lo guarderà fieramente.

avrà da intendersi con lei!

BALDOVINO. Con me? - Volentieri. - E su che?

AGATA (sprezzante). Domandatelo a voi stesso!

BALDOVINO. A me?

Si volta a Fabio:

Che cosa?

AGATA (a Fabio, imperiosamente). Parlate!

FABIO. No, non adesso...

AGATA. Voglio che glielo diciate adesso davanti a me!

FABIO. Ma bisognerebbe aspettare...

BALDOVINO (subito, sarcastico). Il signor marchese ha forse bisogno di testimonii?

FABIO. Non ho bisogno di nessuno! Voi avete intascato trecento mila lire!

BALDOVINO (calmissimo, sorridente). No, più, signor marchese! Eh, sono più! sono cinquecentosessantatremila... aspetti!

Caverà dalla tasca interna il portafoglio, ne trarrà cinque cartoncini con prospetti di cifre a rendiconto, debitamente intestati, e leggerà nell'ultimo la cifra totale:

cinquecentosessantatremilasettecentoventotto e sessanta centesimi! Più di mezzo milioncino, signor marchese. - Lei fa di me una stima troppo mediocre!

FABIO. Siano quelle che siano! - Non me n'importa! - Potete tenervele, e andare!

BALDOVINO. Troppa furia... troppa furia, signor marchese! - Lei ha ragione d'averne, a quanto sembra; ma appunto per questo badi che il caso è molto più grave di quanto lei s'immagina.

FABIO. Ma via! Smettete adesso codeste arie!

BALDOVINO. Che arie, no...

Si volgerà ad Agata:

Prego la signora d'avvicinarsi e di stare a sentire.

Poi, come Agata con accigliata freddezza si sarà appressata:

Se volete prendervi il piacere di darmi del ladro, potremo intenderci anche su questo: anzi, è bene che c'intendiamo subito. - Ma vi prego di considerare intanto, che non è giusto, prima di tutto, per me. Ecco qua:

Mostrerà loro i cartoncini, tenendoli aperti a ventaglio.

Da questi prospetti - lei vede, signor marchese - risultano intestate come risparmi e imprevisti guadagni della vostra Società le cinquecento e più mila lire. Ma non fa niente: si può rimediare, signora! - Avrei potuto mettermele in tasca con due dita, secondo loro,

indicherà a Fabio, alludendo anche ai suoi soci.

se fossi cascato nella trappola che m'han fatto tendere da un certo omino storto cacciatomi tra i piedi, quel signor Marchetto Fongi che è venuto anche stamattina... - Oh

A Fabio:

non nego che non fosse tesa con una certa abilità, la trappola!

Ad Agata;

Lei non s'intende di queste cose, signora; ma mi avevano combinato un certo giro di partita, per cui doveva risultare a me solo un'eccedenza di guadagno che avrei potuto intascarmi senz'altro, sicurissimo che nessuno se ne sarebbe accorto. Se non che, loro che mi avevano appunto combinato questo giro, Se io ci fossi cascato e avessi intascato il danaro, m'avrebbero colto subito con le mani nel sacco.

A Fabio;

Non è cosi?

AGATA (con sdegno appena contenuto, guardando Fabio che non risponde). Avete fatto questo?

BALDOVINO (subito). Oh no, signora! Non c'è da aversene a male! - E se lei può rivolgergli con tanta fierezza codesta domanda, guardi che non lui, ma io debbo sentirmi mancare - perché vuol dire che veramente la condizione di quest'uomo s'è fatta intollerabile. E se si è fatta intollerabile la sua, per conseguenza, intollerabile la mia!

AGATA. Perché, la vostra?

BALDOVINO (le volgerà un rapido sguardo di profonda intensità e subito abbasserà gli occhi, turbato, come smarrito). Ma perché... se io divento uomo davanti a lei... io... io... non potrei più... - ah, signora... m'avverrebbe la cosa più trista che si possa dare: quella di non potere più alzar gli occhi a sostenere lo sguardo degli altri...

Si passerà una mano sugli occhi, sulla fronte, per riprendersi:

No... via, via... Qua bisogna venir subito a una risoluzione!

Amaramente :

Ho potuto pensare che mi sarei presa oggi la soddisfazione di trattare come ragazzini questi signori consiglieri, questo Marchetto Fongi, e anche voi, marchese, che v'eravate fatta l'illusione di prendere al laccio, cosi, uno come me! - Ma ora penso che se avete potuto ricorrere a codesto mezzo, di denunziarmi come ladro, per vincere il ritegno di lei

indicherà Agata.

senza neppur considerare che questa vergogna di cacciarmi di qua come un ladro, di fronte a cinque estranei, si sarebbe rovesciata sul bambino appena nato... - eh, penso che dev'essere ben altro il piacere, per me, dell'onestà!

Porgerà a Fabio i cartoncini che ha mostrato.

Ecco qua a lei, signor marchese.

FABIO. Che volete che me ne faccia!

BALDOVINO. Li laceri. sono l'unica prova per me! - Il danaro è in cassa, fino all'ultimo centesimo.

Lo guarderà fermo negli occhi; poi, con forza c con durezza sprezzante:

Ma bisogna che lo rubi lei!

FABIO (rivoltandosi come sferzato in faccia). Io?

BALDOVINO. Lei, lei, lei.

FABIO. Siete pazzo?

BALDOVINO. Vuol far le cose a mezzo, signor marchese? - Le ho pur dimostrato che, volendomi onesto, doveva per forza risultar questo: che la cattiva azione l'avrebbe commessa lei! Rubi questo danaro: passerò io per ladro - e me ne andrò, perché, veramente, qui non posso più stare.

FABIO. Ma sono pazzie!

64

BALDOVINO. No, che pazzie! Io ragiono per lei e per tutti. - Non dico mica che lei debba mandarmi in galera. - Non potrebbe. - Lei ruberà il danaro solamente per me.

FABIO (fremendo e facendoglisi incontro). Ma che dite?

BALDOVINO. Non s'offenda: è una parola, signor marchese! Lei farà una magnifica figura. - Toglierà per un momento il danaro dalla cassa, per far vedere che l'ho rubato io. Poi subito lo rimetterà, per che i suoi soci naturalmente non abbiano a soffrir danno della fiducia che mi hanno accordato per un riguardo a lei. E' chiaro. Il ladro resterò io.

AGATA (insorgendo). No! no! . questo no!

Controparte dei due uomini. E allora, come per correggere, senza cancellarla, l'impressione della sua protesta:

E il bambino?

BALDOVINO. Ma è una necessità, signora...

AGATA. Ah no! Io non posso, io non voglio ammetterla!

SCENA DODICESIMA

CAMERIERE, DETTI, poi i QUATTRO CONSIGLIERI, MARCHETTO FONGI,

la SIGNORA MADDALENA, la COMARE.

CAMERIERE (presentandosi sull'uscio a destra in fondo e annunziando). I signori Consiglieri e il signor Fongi.

Si ritira.

FABIO (subito, costernatissimo). Rimandiamo a domani questa discussione!

BALDOVINO (pronto, forte, sfidando). Io sono deciso e pronto fin d'adesso.

AGATA. E io vi dico che non voglio, capite? non voglio!

BALDOVINO (con estrema risoluzione). Ma più che mai per questo. signora...

MARCHETTO FONGI (entrando coi quattro Consiglieri). Permesso?.... Permesso? ...

Contemporaneamente, dall'uscio a destra, entrano la signora Maddalena col cappello in capo e la Comare tutta parata di gala, infiocchettata, con sulle braccia il neonato in un port-enfant ricchissimo coperto da un velo celeste. Tutti si fanno attorno, con esclamazioni, congratulazioni, saluti, a soggetto, mentre la signora Maddalena solleva cautamente il velo per mostrare il neonato.

TELA

ATTO TERZO

Lo studio di Baldovino. Ricco arredo di sobria eleganza. Uscio in fondo, uscio laterale a destra.

SCENA PRIMA

BALDOVINO, la SIGNORA MADDALENA.

Baldovino, vestito dello stesso abito con cui s'è presentato al primo atto, sederà fosco e duro, coi gomiti sulle ginocchia e la testa tra le mani, guardando a terra. La signora Maddalena gli parlerà affannosamente da presso:

MADDALENA. Ma dovreste capire che non avete questo diritto! Non si tratta più ne di voi, ne di lui; neppure di lei; ma del bambino, del bambino!

BALDOVINO (levando il capo a guardarla ferocemente). E che volete che importi a me del bambino!

MADDALENA (atterrita; ma riprendendosi). Oh Dio, è vero. - Ma vi richiamo a quanto voi stesso diceste, per il bambino appunto: il danno che gliene sarebbe venuto! Sante parole che si sono impresse nel cuore della mia figliuola e che ora - dovreste intenderlo - glielo fanno sanguinare; ora ch'ella non è più altro che madre, madre soltanto!

BALDOVINO. Non intendo più nulla, io adesso, signora!

MADDALENA. Ma non è vero! Se l'avete fatto notare voi stesso, jeri, a lui!

BALDOVINO. Che cosa?

MADDALENA. Che non avrebbe dovuto farlo per il bambino!

BALDOVINO. Io? - Ma no, signora. - A me non importa niente che il signor marchese l'abbia fatto. Sapevo bene che l'avrebbe fatto.

La guarderà, più con fastidio che con sprezzo.

E lo sapevate del resto anche voi, signora!

MADDALENA. Io, no! io, no, vi giuro!

BALDOVINO. Ma come noi Perché avrebbe messo su, altrimenti, questa Società anonima?

MADDALENA. Perché? - Io penso per... per darvi da fare...

BALDOVINO. Già, e allontanarmi da casa! - Senza dubbio, semplicemente per questo, in principio. perché sperava che, avendo qua una maggiore libertà, mentr'io ero occupato altrove, la vostra figliuola -

MADDALENA (subito interrompendolo). - no, Agata no! - Lui certo, sì, l'avrà fatto per questo. - Ma vi posso assicurare che Agata...

BALDOVINO (levando le braccia e scattando). Ah perdio, ma dunque siete cosi cieca anche voi? Potete far codesta assicurazione - voi - a me?

MADDALENA. E' la verità...

BALDOVINO. E non vi fa spavento?

Pausa.

Non capite che questo vuol dire ch'io me ne debbo andare, e che voi, invece di venir qua da me, dovete star presso la vostra figliuola a persuaderla che è bene ch'io me ne vada?

MADDALENA. Ma come, Dio mio, come? E' tutto qui!

BALDOVINO. Non importa come! Importa che me ne vada!

MADDALENA. No! no! Ve l'impedirà lei!

BALDOVINO. Per carità, signora, non fate perdere la testa anche a me! non mi fate venir meno la forza che ancora mi rimane, di veder le conseguenze di ciò che gli altri ciecamente fanno! Ciecamente, badate, non per mancanza d'intelletto, ma perché quando uno vive, . vive e non si vede. Vedo io, perché sono entrato qua per non vivere. - Volete farmi vivere per forza? - Badate a voi, che se la vita mi riprende e acceca anche me...

S'interromperà, dominando a stento l'irrompere della sua umanità che, nella minaccia, ogni volta gli dà un aspetto quasi feroce; e riprenderà. calmo, quasi frigido:

Guardate... guardate... Io dunque, semplicemente, la conseguenza ho voluto far notare al signor marchese di ciò che ha fatto: - che cioè, volendo far passare per ladro un uomo onesto - (non io, onesto. capite? ma quell'uomo ch'egli ha voluto qua onesto e che io mi son prestato a rappresentare per dimostrargli la sua cecità) – volendo farlo passare per ladro, bisognava che il danaro lo rubasse lui.

MADDALENA. Ma come volete che lo rubi lui?

BALDOVINO. Per far passare me da ladro.

MADDALENA. Ma egli non può! non deve!

BALDOVINO. Egli lo ruberà, ve lo dico col - Lo ruberà per finta. Se no, lo ruberò io per davvero! - Volete costringermi proprio a rubarlo?

DETTI, MAURIZIO.

Maurizio entrerà costernato dall'uscio a destra. Baldovino, appena lo vedrà entrare, scoppierà in una lunga risata. .

BALDOVINO. Ah! ah! ah! ah! - Vieni a pregarmi anche tu di ((non commettere questa pazzia))? .

MADDALENA (subito a Maurizio). Si, si, per carità, Setti, persuadetelo, voi!

MAURIZIO. Ma stia tranquilla che non la commetterà! Perché sa bene che è una pazzia; non sua, ma di Fabio!

BALDOVINO. Ti ha spinto lui a correr subito al riparo?

MAURIZIO. Ma no! Io sono qua perché tu stesso m'hai scritto di venire

BALDOVINO. Ah, già! - E m'hai portato davvero le cento lire che ti chiedevo in prestito?

MAURIZIO. Non ti ho portato nulla!

BALDOVINO. Perché hai capito - uomo di spirito - ch'era tutta una finzione? Bravissimo!

Si prenderà con le mani la giacca e:

Vedi però che mi trovi vestito per andarmene - come ti dicevo nel mio biglietto - con lo stesso abito con cui son venuto! - A un onest'uomo vestito cosi - eh? - non mancano proprio che le cento lire domandate in prestito a un proverbiale amico d'infanzia, per andarsene via decentemente.

Con uno scotto improvviso, accostandoglisi e ponendogli una mano di qua, uno mano di là, sulle braccia:

Bada che tengo moltissimo a questa finzione!

MAURIZIO (stordito). Ma che diavolo dici?

BALDOVINO (voltandosi a guardar la signora Maddalena e ridendo di nuovo). Questa povera signora guarda con tanto d'occhi...

Amabile, ambiguo.

Ora le spiego, signora... - Dunque, veda, l'errore del signor marchese, signora mia - (errore, badi, scusabilissimo, e degno per me del maggior compatimento!) - è consistito semplicemente nel credere ch'io potessi realmente cascare in una trappola. L'errore non è irreparabile. Il signor marchese si persuaderà che, essendo io entrato qua per una finzione a cui ho preso gusto, questa finzione dev'esser seguita fino all'ultimo - fino al furto, sissignori - ma non sul serio, ha capito? - che io, cioè, debba mettermi in tasca davvero trecentomila lire, come credeva lui (son più di cinquecento, signora). - Faccio tutto gratis ; anche il dramma necessario di questo furto. per il piacere che mi son preso! - E non temete, oh! che ponga a effetto la minaccia fatta balenare solo per tenere in rispetto il signor marchese: che vorrò prendermi il bambino, di qui a tre o quattro anni! - Storie! - Che volete che me ne faccia io, del bambino? O temete forse un ricatto?

MAURIZIO. Ma smettila, via! Qua nessuno può pensarlo!

BALDOVINO. E se per esempio l'avessi pensato io?

MAURIZIO. Ti dico di smetterla!

BALDOVINO. Non il ricatto, no... - ma di condurre la finzione fino a godermi questo squisito piacere, di vedervi qua tutti affannati a scongiurarmi di non voler passare per ladro prendendomi un danaro, che pur con tanta industria mi si voleva far prendere!

MAURIZIO. Ma se tu non l'hai preso?

BALDOVINO. Bravo! Perché voglio che lo prenda lui, con le sue Mani!

Vedendo comparire in gran subbuglio, affannato, pallidissimo, Fabio sulla soglia dell'uscio a destra:

E lo prenderà, ve l'assicuro io!

SCENA TERZA

FABIO, DETTI.

FABIO (smorendo e accostandosi trepidante a Baldovino). Lo prenderò? - Ma dunque... -- oh Dio! - avete lasciato... - avete lasciato in altre mani le chiavi della cassa?

BALDOVINO. No, signor marchese. Perché?

FABIO. Dio mio... Dio mio... e allora? che qualcuno sia venuto a sapere... per qualche confidenza del Fongi?

MAURIZIO. Manca il danaro dalla cassa?

MADDALENA. Oh Dio!

BALDOVINO. Ma no, stia tranquillo, signor marchese;

Batterà una mano sulla giacca per indicare la tasca interna.

l'ho qua!

FABIO. Ah! L'avete preso voi?

BALDOVINO. Le ho detto che con me non si fanno le cose a mezzo!

FABIO. Ma dove volete insomma arrivare?

BALDOVINO. Non tema. - Sapevo che a un gentiluomo come lei avrebbe fatto ribrezzo togliere anche per finta, per un momento solo, questo danaro dalla cassa ; e sono andato a prenderlo io, jersera.

FABIO. Ah si? E. a quale scopo?

BALDOVINO. Ma per dar modo a lei, signor marchese, di fare il magnifico gesto della restituzione.

FABIO. V'ostinate ancora in codesta pazzia?

BALDOVINO. Vede che l'ho preso realmente. E se lei ora non fa come le dico io, questa che dev'essere ancora una finzione, diventerà sul serio ciò che voleva lei.

FABIO. Volevo... - ma non capite che non voglio più, adesso?

BALDOVINO. Lo voglio io, adesso, signor marchese.

73

FABIO. Che volete?

BALDOVINO. Precisamente ciò che voleva lei. - Non ha detto jeri, di là alla signora,

Allude ad Agata.

ch'io avevo in tasca il danaro? - Ebbene, l'ho in tasca!

FABIO. Ah, ma non avete in tasca anche me, perdio!

BALDOVINO. Anche lei! - anche lei, signor marchese! - Io vado adesso alla riunione del Consiglio. Debbo far 1 'esposizione. Lei non può impedirmelo Tacerò naturalmente di quest'eccedenza che il signor Marchetto Fongi mi aveva cosi bene combinata, e gli darò la soddisfazione di sorprendermi a rubare. - Ah, non dubiti, saprò simulare a maraviglia Io smarrimento del ladro colto in fallo. - Poi aggiusteremo qua ogni cosa.

FABIO. Voi non lo farete!

BALDOVINO. Lo farò, Io farò, signor marchese.

MAURIZIO. Ma non si può passar per ladro volontariamente, quando non si è!

BALDOVINO (fermo, minacciando). Vi ho detto che son deciso anche a rubare davvero, se v'ostinate a impedirmelo!

FABIO. Ma perché, in nome di Dio, perché? se io stesso vi prego di rimanere?

BALDOVINO (fosco, con gravità lenta, voltandosi a guardarlo). E come vorrebbe lei, signor marchese, che io rimanessi qua, ora?

FABIO. Vi dico che sono pentito... pentito sinceramente...

BALDOVINO. Di che?

FABIO. Di ciò che ho fatto!.

BALDOVINO. Ma non di ciò che ha fatto dev'esser pentito lei, Caro signore, perché è naturalissimo ma di ciò che non ha fatto!

FABIO. E che avrei dovuto fare?

BALDOVINO. Che? Ma dovevate venir da me subito, dopo qualche mese, a dirmi che se stavo ai patti io (il che non mi costava nulla), e volevate starci anche voi (com'era naturale) ; c'era qualcuno qua, sopra di voi e di me, a cui - com'io stesso vi avevo predetto - la dignità, la nobiltà dell'animo avrebbero impedito di starci; e subito io, allora, vi avrei dimostrato l'assurdità della vostra pretesa, che cioè entrasse qua, a far questa parte, un uomo onesto!.

FABIO. Si, si, avete ragione! E difatti me la son presa con lui

Indicherà Maurizio.

che mi ha portato qua uno come voi!

BALDOVINO. Ma no, che ha fatto benissimo lui, credete, a portar me! - Un mediocre onesto volevate voi qua, è vero? Come se fosse possibile che un mediocre accettasse una simile posizione, senz'essere un farabutto! - Ho potuto soltanto accettarla io che - come vedete - posso anche non farmi scrupolo di passare per ladro!

MAURIZIO. Ma come? perché? .

FABIO (contemporaneamente). Cosi, per gusto?

MAURIZIO. Chi ti costringe? Nessuno lo vuole!

MADDALENA. Nessuno! Siamo qua tutti a pregarvi!

BALDOVINO (a Maurizio). Tu, per amicizia...

Alla signora Maddalena:

Lei, per il bambino...

A Fabio.

E voi, per che cosa?

FABIO. Ma anche per questo.

BALDOVINO (guardandolo negli occhi, da presso). E per che altro?

Fabio non risponde.

Ve lo dico io per che altro : perché avete veduto l'effetto, ora, di ciò che avete fatto

a Maddalena:

Signora mia, il buon nome del bambino? Ma è un'illusione! Lui sa

Indicherà Maurizio.

che pur troppo... il mio passato... - Si, poteva questa mia vita d'ora... cosi specchiata... fino dall'alba della sua venuta al mondo... non far pensare più, forse, a tante cose tristi... notturne... dell'altra mia vita...- Ma lui

Indicherà Fabio.

ha da pensare adesso a ben altro che al bambino, signora!

Si rivolge anche agli altri:

Non volete tener conto di me? Vi pare ch'io possa esser qua sempre un lume soltanto, per voi, e basta? Ho anch'io infine la mia povera carne che grida! Ho sangue anch'io, nero sangue, amaro di tutto il veleno dei miei ricordi... - e ho paura che mi s'accenda! - Jeri, di là, quando questo signore

Indicherà Fabio.

mi buttò in faccia, davanti alla vostra nobile figliuola, il presunto mio furto, io son caduto, più cieco di lui, più cieco di tutti, in un'altra e ben più grave insidia che da dieci mesi, stando qua, accanto a lei, quasi senza ardire di guardarla, occultamente m'ha teso questa mia carne : - s'è servita del vostro trabocchetto da bambini, signor marchese, per farmi sentir l'abisso. - Io dovevo tacere, capite? ingozzare davanti a lei la vostra ingiuria, passar per ladro, si, davanti a lei : poi prendervi a quattr'occhi e dirvi e dimostrarvi che non era vero e costringervi segretamente a seguitar fra noi due d'intesa la parte sino alla fine. - Non ho saputo tacere. - La mia carne ha gridato! . - voi... lei... tu... avete ancora il coraggio di trattenermi? - Io dico che per castigare a dovere questa mia vecchia carne , sono ora forse costretto a rubare davvero! .

Resteranno tutti muti a guardarlo, sbigottiti. Una pausa. Entrerà dall'uscio a destra Agata, pallida e decisa. Si fermerà dopo alcuni passi. Baldovino la guarderà, vorrebbe forzarsi a resisterle composto e grave; ma gli si leggerà negli occhi quasi uno smarrimento di terrore .

SCENA QUARTA

AGATA, DETTI.

AGATA (alla madre, a Fabio, a Maurizio). Lasciatemi parlare con lui, da sola.

BALDOVINO (quasi balbettando, con gli occhi bassi). No.., no, signora... guardi, io...

AGATA. Ho da parlarvi.

BALDOVINO. È... è inutile, signora... Ho detto loro.., tutto ciò che avevo da dire...

AGATA. E sentirete ora ciò che ho da dirvi io.

BALDOVINO. No, no... per carità... È inutile, le assicuro... basta... basta...

AGATA. Lo voglio.

Agli altri:

Vi prego di lasciarci soli.

La signora Maddalena, Fabio, Maurizio usciranno per l'uscio a destra.

AGATA. Non vengo a dirvi di non andarvene. - vengo a dirvi che verrò con voi.

BALDOVINO (avrà un momento ancora di smarrimento, . si sosterrà appena; poi dirà piano). Capisco. - Non volete parlarmi del bambino. Una donna come voi non chiede sacrifizi : - li fa.

AGATA. Ma non è niente affatto un sacrifizio. È quello che devo fare.

BALDOVINO. No, no, signora : voi non dovete farlo, ne per lui, ne per voi! E sta a me d 'impedirvelo, a qualunque costo!

AGATA. Non potete. Sono vostra moglie. volete andarvene? È giusto. - Vi approvo, e vi seguo.

BALDOVINO. Dove? - Ma via, che dite? - Abbiate pietà di voi e di me.... e non mi fate parlare... intendetelo da voi stessa, perché io...perché io... davanti a voi non so... non so più parlare...

AGATA. Non c'è più bisogno di parole. Mi bastò fin dal primo giorno ciò che diceste. Dovevo entrar subito a porgervi la mano.

BALDOVINO. Ah, se l'aveste fatto, signora! Vi giuro che sperai... sperai per un momento che lo faceste... dico. che foste entrata... - non che avrei potuto toccare la vostra mano... - Sarebbe tutto finito fin d'allora!

AGATA. Vi sareste tirato indietro?

BALDOVINO. No, vergognato, signora... davanti a voi, come mi vergogno adesso.

AGATA. E di che? D'aver parlato onestamente?

BALDOVINO. Facile, signora! Facilissima l'onestà finche si trattava di salvare un'apparenza, capite? - Se voi foste entrata a dire che l'inganno per voi non era più possibile, io non avrei potuto restare qua neanche un minuto. Come non posso più restare adesso?

AGATA. Ma dunque voi avete pensato -.

BALDOVINO. - no, signora. Ho aspettato. - Non vi vidi entrare... Ma parlai appunto per dimostrare a lui che pretendere da me l 'onestà era impossibile - non per me - per vojaltri! - dovete intendere perciò, che ora -- avendo voi mutate le condizioni - essa diventa invece impossibile per me : - non perché me ne manchi il desiderio, la volontà - ma per ciò che io sono, signora... per tutto quello che ho fatto... - Già solo questa parte che mi son prestato a rappresentare...

AGATA. L'abbiamo voluta noi, questa parte!

BALDOVINO, E io l'ho accettata!

AGATA. Ma dichiarando avanti quali sarebbero state le conseguenze per non farle accettare a lui! - Ebbene, io le ho accettate!

BALDOVINO. E non dovevate, non dovevate, signora! - (il vostro errore è questo) - non ho parlato io - mai - qua: ha parlato una maschera grottesca! - E perché? voi eravate qua, tutti e tre, nella povera umanità che spasima nella gioia o gode nel tormento della sua vita! Una povera debole madre, qua, aveva pur saputo compiere il sacrifizio di consentire che la sua figliuola amasse fuori d'ogni legge! E voi, presa d'amore per un brav'uomo, avevate potuto non pensare che quest'uomo era sventuratamente legato a un'altra donna!- Vi son sembrate colpe, queste? Avete voluto correr subito al riparo, chiamando me qua? - E io sono venuto a parlarvi un linguaggio asfissiante, quello di un 'onestà fittizia e contro natura, a cui voi avevate avuto il coraggio di ribellarvi! - Sapevo bene che a lungo andare quegli altri due non avrebbero più potuto accettarne le conseguenze. La loro umanità doveva ribellarsi! Ho sentito tutti gli sbuffi di vostra madre e quelli del signor marchese. - E m'è piaciuto tanto, credete, vedergli ordire ora quest'insidia pur contro la più grave delle conseguenze che gli avevo predette! . - Il pericolo vero era per voi, signora . che le accettaste voi sino alla fine! e le avete accettate, difatti, avete potuto accettarle, voi, perché disgraziatamente in voi, per forza, con la maternità, l'amante doveva morire. - Ecco, voi non siete più altro che madre. - Ma io, io non sono il padre del vostro bambino, signora! - Capite bene ciò che vuole dir questo?

AGATA. Ah, è per il bambino? che non è vostro?

BALDOVINO. No! no! che dite! intendetemi bene! - Per il solo fatto che voi vorreste venire con me, lo fate vostro il bambino, vostro soltanto - e dunque più sacro per me che se fosse mio veramente pegno del vostro sacrifizio e della vostra stima!

AGATA. E allora?

BALDOVINO. Ma l'ho detto per richiamarvi alla mia realtà, signora, poiché voi non vedete che il vostro bambino! - Voi parlate ancora a una maschera di padre!

AGATA. No, no... io parlo a voi, uomo!

BALDOVINO. E che sapete voi di me? chi sono io?

AGATA. Ma ecco chi siete. questo.

E, come Baldovino, quasi annichilito, abbasserà il capo,

Potete alzar gli occhi, se io posso guardarvi ; perché davanti a voi, qua tutti allora dobbiamo abbassare i nostri, solo per questo, che delle vostre colpe voi avete vergogna.

BALDOVINO. Non avrei mai supposto che la sorte mi potesse riserbare d'udir parlare cosi...

Riscotendosi violentemente, come da un fascino.

No... no... signora... via! - Credete, ne sono indegno! Sapete che ho qua - qua - cinquecento e più mila lire?

AGATA. Voi le restituirete, e ce n'andremo.

BALDOVINO. Che! Fossi matto! . Non le restituisco, signora! Non le resti-tu-i-sco!

AGATA. vuol dire che io e il bambino vi seguiremo anche per questa via...

BALDOVINO. Mi seguireste... anche ladro?

Cascherà a sedere come stroncato. Avrà un violento impeto di pianto . e si nasconderà il volto con le mani.

AGATA (Io guarderà un tratto, poi si recherà all'uscio a destra e chiamerà). Mamma!

SCENA SESTA

MADDALENA, DETTI.

La signora Maddalena entrando scorgerà Baldovino che piange e resterà come basita.

AGATA. Puoi dire a quei signori che non hanno più nulla da fare qua.

BALDOVINO (subito levandosi). No, aspetta... il danaro!

Caverà di tasca un grosso portafoglio.

Non lei - io!

Cercherà di rattenere il pianto, di ricomporsi; non troverà il fazzoletto. Agata subito gli porgerà il suo. Egli intenderà l'atto che li accomuna, in quel pianto, per la prima volta; bacerà il fazzoletto, .poi se lo porterà agli occhi tendendo a lei una mano. Si riprenderà in un sospiro che lo gonfierà di commossa gioia, e dirà; So bene ora, come debbo dir loro!

83

TELA